ヨーハン=ヴォルフガング=ゲーテ

ゲーテ

● 人と思想

星野 慎一 著

67

CenturyBooks 清水書院

はじめに

ヨーロッパのなかでは、ドイツは後進国であった。ドイツが先進国の仲間入りをしたのは、ようやく一九世紀の後半からにすぎない。原因はいろいろあろうが、一七世紀の三〇年戦争（一六一八〜四八）の影響がなんといっても一番ひびいた。新教と旧教の争いの場がドイツを中心にしてくりかえされたので、その甚大な被害から容易に立ち直ることができなかった。全滅した村落も少なくなく、ドイツの全人口の半分ちかい数が失われたと言われている。

当時は生産も貧弱で交通も不便だったから、壊滅状態からの復興はながい歳月を必要とした。その上、ドイツには絶対君主制の小国が分立していたので、統一国家を実現していたイギリス、フランス、スペインなどに比べて、すべての点ではるかにおくれていたのである。文学の世界でも、そのとおりであった。諸外国からは全く相手にされなかった。ドイツ人たちもフランス王朝文学の真似ばかりしていた。ラテン語で物を書き、フランス語をしゃべれば、文化人だと思っていたのである。

ゲーテは三〇年戦争が終わった百年後に生まれたが、当時のドイツはまだあわれな田舎にすぎな

かった。だが、さすがに百年という歳月は、精神的な独り歩きを可能にする土壌をつちかってい
た。ゲーテが青年期を迎えたころ、クロプシュトック、レッシング、ヴィーラント、カント、ハー
マン、ヴィンケルマン等の先輩作家や学者たちは、独創的な個性ゆたかな成果を通して若い人びと
に多大な感動を与えた。その気運に大きく棹《さお》さして、ドイツを世界の檜舞台の脚光のなかへ押しだ
したのが、ゲーテの文学であった。

ゲーテは一七四九年に生まれ、一八三二年に没した。八三歳の生涯であった。ドイツ語やドイツ
文学を馬鹿にして全くかえりみようとさえしなかった外国が、ゲーテの文学を読むためにドイツ語
に関心を示すようになった。ゲーテの晩年には、この文豪を一目見ようとして、諸外国から多くの
作家や名士たちが、片田舎のヴァイマルの町を訪れたのである。今日では、ゲーテの文学はもはや
ドイツだけのものではなく、世界の共有財産として、広く各国の人びとから読まれている。その秘
密は、どこにあるのか。

私はドイツ語の手ほどきをうけた一七歳の少年の時、初等読本のなかでゲーテの詩に初めてめぐ
り逢った。

山々のいただきは
しずまりぬ

もろもろの梢には
そよ風の
うごきも見えず
森かげに　鳥は黙《もだ》せり
待てしばし　やがて　また
なれも　憩わん

これは、一七八〇年九月六日夜、イルメナウの山林のいただき、ギッケルハーンの山小屋に泊った時、その南の板壁に鉛筆で書きしるした詩である。ゲーテは三一歳であった。死ぬ前の年、一八三一年八月二七日、たまたまこの山小屋を訪れ、五〇年前に書きしるした詩篇のことを想いだし、それを見出した時、死期の近いのを予感した詩人は、「待てしばし　やがて　また　なれも憩わん」とくりかえしつぶやきながら、涙のとどまるところを知らなかったという。本書一七二ページの挿絵は、ギッケルハーンの山小屋の前に静かに腰をおろしているこの日のゲーテの姿を、描いたものである。

年少のころこの訳詩の原詩を暗誦した私は、今も忘れずにいる。時おり、ふと、口をついてひとりでにうかんで来ることさえある。それにしても、なんという素朴な詩であろう。なんと簡素で、なんと深い味わいのこもった詩であることか。ここに、ゲーテ文学の真髄がひめられてあるような気がする。構えるところのない、広さと深さ。言い易い言葉ではあるが、達しがたい境地である。

ゲーテがドイツの大詩人であることは、誰でも知っている。だが、彼がどういう作家であるかを適切に説明するのは、なかなかむずかしい。私も長年ゲーテに親しんできた一人なので、本書の執筆を軽い気持ちで引きうけたのであるが、いざ筆をとってみると、けっして容易な仕事でないことが、改めてよくわかった。

広くて深いゲーテの世界をぬかりなく順序をたてて述べるのは、まず、不可能と言ってよい。また、彼の人生や作品の全貌を語ろうとすれば、つい詳しい年表のようになって、味もそっけもなくなる。そこで、必要な重点をしぼりながら、詩人の本質へ近づこうとする一つの試みをやってみた。ゲーテはけっしてゲーテ研究家のむずかしい論文においてのみ語らるべきものではない。彼はもっと広い人間のなかにしみとおって生きているからだ。私は、それをも捉えてみたいと思った。本書に「ゲーテと日本文壇」や「東京ゲーテ記念館」などの項目があるのは、そのためである。その方が、ゲーテの世界や本質を知る上に、一つの、より近い道であるとも、信じたからである。読者はそれによって想像もしなかったようなゲーテのゆたかさを、改めて知るにちがいない。本書をとおして一人でも多くの読者がゲーテの文学に興味を持つようになるならば、著者の大きな喜びである。

この小冊を書くために、私は多くの書物の恩恵をこうむった。そのなかの幾冊かの書名を参考書として巻末にしるしておいた。私自身それらの書物に心から感謝するとともに、もしゲーテに興味を持つ読者があるならば、それらの書物から本書の語りえなかった多くのものを、学びとっていただきたいと思う。

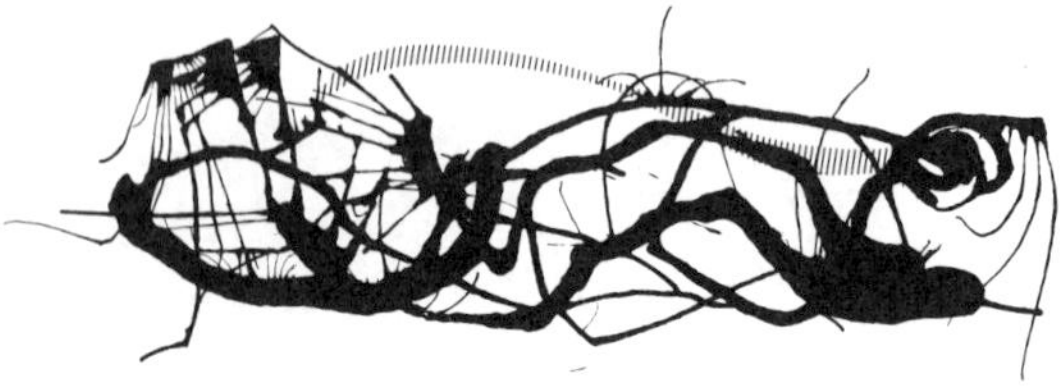

目次

はじめに……三

Ⅰ 時空を越えて

ゲーテはなぜ永遠に読まれるか……一三

Ⅱ 疾風怒濤の時代に

若き日のゲーテ……四〇

作家として、大臣として……七〇

Ⅲ 孤独の世界で

イタリア旅行とフランス革命……一〇六

晩年のゲーテ……一四六

Ⅳ 日本におけるゲーテ

ゲーテと日本文壇……一七六

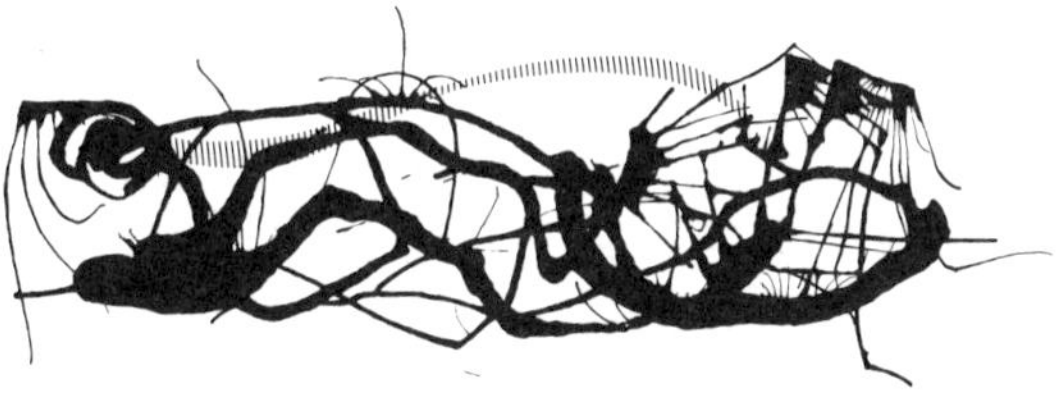

東京ゲーテ記念館……一九五
あとがき……二二五
年　譜……二二八
参考文献……二三一
さくいん……二三三

中央ヨーロッパ（1812年）

I

時空を越えて

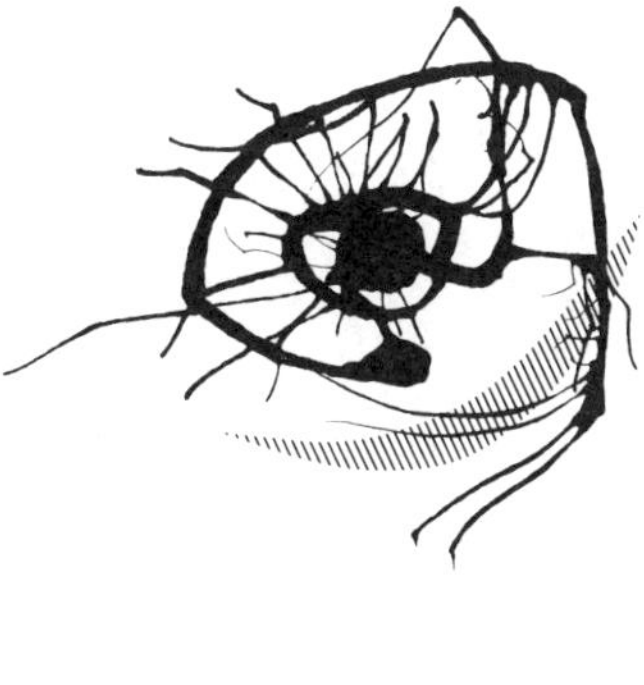

ゲーテはなぜ永遠に読まれるか

ゲーテはなぜ永遠に読まれるのか。その一つの重要な理由は、彼が純粋だからである。では、純粋とは、いったいどういうことなのか。

純粋さと包容力

旧制高校二年生のとき、私は偶然、芥川龍之介の最後の講演をきく機会にめぐり逢った。それは昭和二（一九二七）年五月二四日だったが、彼の自殺するちょうど二月《ふた》前の日にあたっていた。痩せこけた蒼白い顔にたれさがる蓬髪《ほうはつ》をかきあげながら、彼は言った。

「今たくさんの作家達がいますが、百年後に、はたして読まれる作家が幾人あるでしょうか。」

その言葉が、印象深く今も私の記憶に残っている。彼はポーについて語っていた。一見はなやかに見える作家生活は、けっして作家の真実をあらわしてはいない。文学そのものにひかりがなければ、時間の流れとともに消滅してしまう。ポーの生活は悲惨をきわめた。世人は彼を忘れ、彼の作品を忘れはてていた。彼が行路病者として死んだとき、その葬式にかけつけたのは、たった一人の友人にすぎなかった。だが、彼の文学は今も生きている。龍之介はポーを語ることによって、彼の文学論の一端を語ったのである。

龍之介の考えによれば、作家にとっていちばん大切な条件は「純粋」である。大作家は、その上、「包容力」を持たねばならない。百年たっても読まれるような作家は、まず「純粋」でなければならない。彼はポーのなかに何よりもこの「純粋」を見たのである。

龍之介は英文学出身の作家であったが、ドイツ語をよく読み、ドイツ文学にも造詣《ぞうけい》があった。日本の多くの作家のうち、ゲーテをもっとも深く理解した一人であった。森鷗外や木下杢太郎《もくたろう》がゲーテ通であったことはよく知られているが、作家的直観による内面的理解の深さという点においては龍之介のほうが上ではなかったかという感じを、私はひそかに抱いている。

龍之介は洗練された都会的センスを持っていて、しばしばシニカルな物の見方をした。死を目の前にしていた晩年の彼は、本物と偽物をするどく区別した。遺稿となった『或阿呆の一生』のなかで彼は次のように書いた。

「……彼は彼の精神的破産に冷笑に近いものを感じながら、（彼の悪徳や弱点は一つ残らず彼にはわかつてゐた。）不相変《あひかはらず》いろいろの本を読みつゞけた。しかしルツソオの懺悔《ざんげ》録さへ英雄的な譃に充ち満ちてゐた。殊に『新生』に至つては、——彼は『新生』の主人公ほど老獪な偽善者に出会つたことはなかつた……」（四十六譃）。

ここに槍玉にあがっている『新生』とは、言うまでもなく島崎藤村の小説である。実姪との不倫な関係を宗教的な愛によって浄化し、新生を期待しようとする作者の態度を、龍之介はゆるしがたい行いすました偽善と感じたのである。その同じ遺稿のなかで、ゲーテについて彼は次のようにしるしている。

「Divan はもう一度彼の心に新しい力を与えようとした。それは彼の知らずにゐた『東洋的なゲエテ』だつた。彼はあらゆる善悪の彼岸に悠々と立つてゐるゲエテを見、絶望に近い羨ましさを感じた。詩人ゲエテは彼の目には詩人クリストよりも偉大だつた。この詩人の心の中にはアクロポリスやゴルゴタの外にアラビアの薔薇《ばら》さへ花をひらいてゐた。若しこの詩人の足あとを辿る多少の力を持つてゐたならば――彼はディヴァンを読み了り、恐しい感動の静まつた後、しみじみ生活的宦官《かんがん》に生まれた彼自身を軽蔑せずにはゐられなかつた」（四十五 Divan）。

ゲーテの『西東詩集』(Divan) にたいする読後感を、龍之介はこのように書きのこした。文学にきびしい判断をしていた彼は、百年後になっても読まれる文学を安直に認めようとはしなかった。藤村をも「老獪な偽善者」ときめつけた彼は、しかし、ゲーテには心からの敬意を払ったのだ。ゲーテのなかに、あらゆるものを包容する大作家的なゆたかさと、それをつらぬく一筋の「純粋」を認めたからである。龍之介は作家以前からゲーテに惹かれていたが、晩年はそれが大きな畏敬に変《へん》貌《ぼう》した。

ゲーテはなぜ永遠に読まれるかという秘密は、龍之介の作家観のなかに簡潔に言いつくされている。古い作家がいつまでも読まれるということは、その作品がながい時間をこえて現代の人びとの心に生き生きと訴えるものを持っているという意味である。例えば、「朝寝髪われは梳《けず》らじ愛《うつく》しき君が手枕《たまくら》触れてしものを」という一首は、万葉集巻一一に載っている私の好きな歌である。千数百年前につくられたもので、読人もわからない。それなのに、この歌を口ずさんでいると、おのずから見も知らぬ古代の女性の息吹きが感じられる。恋のよろこび、美しさ、せつなさ、はかなさ、いな、恋の体臭さえも伝わってくるような気がする。その意味では、この歌はけっして古くないのである。ゲーテの作品がいつまでも読まれるのは、それらが今日的な意味でわれわれにつよく訴えるものを持っているからにちがいない。

人間はけっして一色ではない。日本の政党一つをとってみても、与党野党を通じてじつにさまざまな考え方がある。同じ社会主義国でもソ連と中国とでは、行き方がまったくちがっている。まして個人の宗教的な考え方にまでたちいたれば、人の考え方は無数にわかれている。そういう複雑な人間の世界のなかである作家が時代を越えてくりかえし読まれるということは、人間という一点において人をつよく捉えるものを持っているからである。われわれにとっては、すべてのイデオロギーや宗教よりも前に、まず人間が存在する。この人間に訴える力を持たない作家は、ながく生きのこることはできない。ゲーテが時代を越えて読まれるのは、この力のためである。次のエピソードは、それをよく物語っている。

レーニンとゲーテ

レーニンは一九一七年七月の暴動の企てが失敗したのち、身の危険を感じて一時フィンランドに逃亡した。エヌ＝メシチェリヤーコフという人の追憶によると、そのときレーニンが国外へたずさえていった書物のリストが、当時の憲兵によって取り調べられ保存されてあったが、それによれば、経済研究書のほかに彼が持ちだした芸術書は二冊だったという。それはネクラーソフの詩集とゲーテの『ファウスト』とであった。レーニンがネクラーソフの詩を愛誦していたのは理解できる。ネクラーソフはわかり易い言葉で、民衆にたいするかぎりない愛、支配者にたいする烈しい憎悪を歌ったからである。レーニンが心のなかで指向していたものを、彼は数多くの詩のなかに表現していたのである。

だが、革命に打ちこんで生命の危険にさらされながら逃亡していたレーニンがゲーテの『ファウスト』を肌身はなさず持っていたのは、なぜであろうか。左翼の人たちには「ゲーテは偉大な俗物だ」といって、頭から非難する人がいる。また若い人びとのなかには、「ゲーテほど気に喰わぬ人物はいない」といって、そっぽを向く者もいる。家は金持ちで、母親は名門の出身、健康にはめぐまれ、高位高官につき、恋愛三昧にふけって思いのままの生活をした人間が人類の模範とは何事ぞ、というのである。私自身も若いころ大先輩たちがゲーテ、ゲーテとたたえるのに反発を感じ、おれだけはぜったいゲーテの合理化はしないぞとひそかに心にちかったことを、想いだす。そのころはまだ、私にはゲーテの偉さが呑みこめなかった。だが、つくづく考えてみると、ゲーテほど人間の本質をよく捉えた作家は数少ないといってよかろう。

『ファウスト』にはそれがよく描かれている。人間のなかには二つの力が働いている。一つは動物的・本能的な力で、人間はややもすればそういう力につよく引かれ、流されてゆく。だが、一方には、人間を時に神のような崇高なものにあこがれさせる力がある。人間の生活はこの二つの力のあいだを行ったり来たりしているようなものだ。俗的な力に引かれてつまづきをくりかえしながら、時には崇高なものにあこがれて生きようとする。ある意味ではゲーテの『ファウスト』は、人間とは何であるかという問題に挑んでいった作品であるともいえる。命がけで革命に身をささげていたレーニンが『ファウスト』を身辺からはなさなかったのは、まことに興深いことである。

レーニンの母親はドイツ系の医師の娘で、彼女自身ドイツに留学したことがあって、ドイツ語が達者であったという。レーニンが『ファウスト』を愛読したのは、母の影響によるところがあったのかも知れない。いずれにせよ、人間とは何であるかということがつかめなくて、真の革命家になれる筈がない。「ゲーテは偉大な俗物だ」などとおうむがえしに言って、ゲーテの作品など全く読もうとさえしない観念的な進歩主義者たちに比べて、レーニンは何という人間的なゆたかさを持っていたことであろうか。人間はどのようなイデオロギーを選ぼうと、どのような宗教に帰依しようと、それ以前に、一個のゆたかな人間でなかったならば、何の魅力も存在しない。ゲーテが今もなお私たちに語りかけるのは、もちろんこの意味においてである。

さきに私は「家は金持ちで、母親は名門の出身、健康にめぐまれ、高位高官につき、恋愛三昧にふけって思いのままの生活をした人間が……」なぞと書いたが、それがいかに一般人の皮相な見方にすぎないかは、ゲーテ自身がエッカーマンに語った次の言葉をかみしめてみるならば、おのずから明らかであろう。

「世間の人はたえずわたしを運命の寵児のようにほめたたえる。わたしも格別不平を言おうとも思わないし、過去の生活を嘆こうとも思わない。だが、けっきょくのところ、苦労と仕事以外の何物でもなかった。そしておそらく、七五年の生涯のうちほんとに楽しかったのはものの一月《ひとつき》もなかった、と言っていいかも知れない。くりかえしくりかえし上にあげようとして一つの石をたえずころがしていたようなものだ。」

詩人ゲーテの世界はたえざる行為の世界であった。革命家レーニンが『ファウスト』のなかに見たのは、このたえざる精進の姿でもあった。

汲みつくせぬ「ゆたかさ」　ゲーテはじつに幅広い人間である。あらゆるものをつつんでいる大きな風呂敷のようなものだった。こういう作家は一面においてとかく雑駁《ざっぱく》になりがちなものであるが、ゲーテにはそれがなかった。この点も多くの人からながく読まれる一つの理由であろう。

例えばゲーテはよく永遠の愛の詩人と呼ばれる。美しい恋愛詩をたくさんつくったからである。

だが、恋愛詩は何もゲーテにかぎったことではなく、古今東西の詩人たちがすぐれた恋の詩をたくさんつくっている。ただゲーテの場合においては、若いときだけではなくて、四〇歳台、五〇歳台、六〇歳台にも、いやそればかりか七〇歳を越えても、真剣に恋の詩をつくったのである。しかも年齢がすすむにつれて人間の年輪が深くきざまれて、それが読者の心にさまざまな姿を描いてしみ込んでくる。青年時代から老齢にいたるまでゲーテのようにゆたかな恋の詩をつくった詩人は、世界にもその例を見ることができない。

ゲーテは恋愛詩だけを作ったのではない。そのほかに広く抒情詩一般、叙事詩、民謡、譚《たん》詩、思想詩等、多彩な作品をつくりそれぞれに傑作を残した。島崎藤村は明治時代日本の抒情詩に新しい黎明《れいめい》を告げた詩人であったが、小説を書くようになるとおのずから詩ができなくなった。しかも『若菜集』から『落梅集』にいたるあいだにさほど大きな変転があるわけではない。ゲーテの Lieder（小曲集）の世界からあまり逸脱したものではない。それを想うと、終生各々の年代にふさわしいゆたかな詩をたくさん作った詩人ゲーテのスケールがどんなに大きかったか、われわれは容易に想像することができる。明治以来、藤村、蒲原有明、北原白秋、日夏耿之介《ひなつこうのすけ》等幾多優秀な詩人をわれわれは持ったが、彼らのすべての要素がゲーテ一人のなかに総合されていると言っても過言ではあるまい。ゲーテは生まれつきの抒情詩人であったが、小説や戯曲の分野においても第一級の作家であった。小説『ヴィルヘルム・マイスター』や戯曲『ファウスト』がドイツの代表的な作品であ

ゲーテの描いたヴァイマル公園

ることは言うまでもない。

ゲーテの幅の広さは文学の世界だけではなかった。彼は玄人なみの絵もかいたし、政治家としても国政に参与し、ヴァイマル公を助けた。その上、医学、動植物学、鉱物学、物理化学の領域においても、深い造詣を持っていた。顎間骨《がっかんこつ》を発見して解剖学に寄与したことはよく知られている。一七九〇年に発表された『植物変態論』は、最近、メンデルの法則発見にまで進展したことが実証された。『植物変態論』や『動物変態論』は進化論のさきがけをなしたものとも考えられている。鉱物を採集して地形の変遷や地質の変動を研究することは、彼の晩年の大きな関心事であった。ゲーテの『色彩論』は二〇年にも及ぶ科学的述論であるが、彼は白日光が種々の光線から成立しているというニュートンの説を否定して、これを倒すことに熱中した。色彩は光と闇の二つの力の相互作用から成立するものであるという基本的な考えから、彼は出発している。ゲーテの説に賛成する人は当時においてもその後においても極く少数にすぎないが、その少数の人びとのなかにヘーゲルやシェリングのような著名な哲学者がふくまれているのは、興味深い。哲学者と詩人とのこの関係は自然観察においてばかりでなく、芸術観のなかにもあらわれているのは当然である。

ゲーテの背景にあるものは、広いゆたかさである。汲みつくせぬものがその作品のなかから読者に訴えてくる。鷗外や漱石の文学が時がたてばたつほどくりかえし読者から求められるのも、やはりこれと同じ理由からである。自分の持っているものを出しきったような作家は奥行きがなくて魅力がない。漱石や鷗外の作品からは汲みつくせない何物かがつねに語りかけてくる。その何物かは形式化した学問や教養ではなくて、個性のなかに消化されて溶けこんでいる人間的なひかりである。そういう作品からは、読みかえすたびにちがった新鮮な印象をうける。ゲーテが永遠に読まれる秘密の一つは、ここにあると言ってよかろう。

誠実な人柄

天才と気ちがいは紙一重の差だという言葉がある。ニーチェのことなど思うとなるほどとうなづける。ボードレールの閃《ひらめ》きのなかにも、常人の感覚では追いつけないような凄惨《せいさん》なひかりを感ずる。ゲーテも天才であったが、そのような凄《すご》さはない。むしろ、平凡な人間の感情をふんだんに持っていて、彼の作品や、彼自身のひととなりのなかに、平凡人の感情をじつにゆたかに代表している。例えば生涯を通じてゲーテは幾たびか恋をしたが、彼の好いた女性はいずれも、控え目な、家庭的な婦人ばかりであった。文化性が鼻の先にぶらさがっているような女は大嫌いだった。

　ゲーテが結婚したのは三九歳の時であった。晩婚と言わねばならない。彼はすでに貴族に列せられ、ヴァイマル公国の首相でもあった。作家としてももちろん世界的な名声を得ていた。もし彼が望んだならば、どのような名家の子女とも結ばれることができたであろう。しかし彼が妻として迎えたのは、造花女工であった。散歩中のゲーテに近寄って兄の就職を直訴嘆願した素朴で率直な乙女の、勇気と愛くるしさに詩人は惚れ込んだのである。当時は封建の世の中、階級制度のやかましい時代であった。貴族の集まりに平民がまじっていても物議をかもすご時勢であった。それなのに、ヴァイマル公国の男性ナンバー・ワンともいうべきゲーテが身分ちがいの女性と結婚したというので、貴族社会からごうごうたる非難をうけ、日本でいう籍を入れることさえできなかった。しかし、ゲーテはこの日蔭の女性を終始あたたかくかばい、一八年後、ナポレオン軍の侵入によって生命が危険にさらされた時、ただ二人でひそかに正式な結婚式をあげた。彼はもはや世論を恐れなかった。立場の弱いこの女性と子供のために、人としての務めをはたしたのである。こういうエピソードは、ゲーテの人間的な大きさとあたたかさを物語っている。彼にたいする親近感の一つは、やはりこのような誠実な人柄のなかにひそんでいるものと言えよう。

『神と世界』の東洋的なゲーテ

ゲーテは『神と世界』という詩群を編集して、生前最後の全集のなかに収録した。それらの詩を読むと、晩年この大詩人が到達した世界がわれわれの熟知している世界と重なりあっていることがわかる。『神と世界』という表題もおもしろい。人間の世界は、ひっきょう、ゲーテの神と世界のかかわりあいのなかにあるのではないか。個人がその神を認めるとか、認めないとか、とは無関係に。

大正末期から昭和の初めにかけて、学生たちのあいだに社会科学の研究が流行した。その哲学的理論の基礎は唯物論的弁証法であった。学生は若くて多感だったから、当時の暗い世相を憂え、社会的矛盾を是正しようとする熱意に燃えていた。封建時代が終わって資本主義社会が出現したように、資本主義社会がその内的矛盾によってつぎつぎに崩壊して社会主義社会が生まれるという歴史的必然を容易に信じ、人類の問題はそのとき精神的なものを含めてすべて解決すると簡単に考えがちであった。だが、社会主義国の出現によってゲーテの『神と世界』の関係が解消したわけではなく、依然として人間の中心問題として残っていることには、少しも変わりがない。なぜなら、それは、あらゆる唯物論者をも含めて容赦なくすべてを拉《らっ》し去る大きな流れだからである。

『神と世界』の詩群のなかに「万象帰一」という一詩がある。その最初の章句は次のような詩語から成り立っている。

無限の世界に住む身は
個の消滅を　厭《いと》うてはならない
そうすれば　一切の苦は跡をたつであろう
あつい願望　はげしい意欲
わずらわしい要求　きびしい抵抗にかわる
捨身こそ　悦楽である

経済が人間にとってもっとも重大な要素の一つであることは、言うまでもない。だが、経済生活がゆたかになれば人間の問題はすべて解決できるという考えは、けっして正しくない。物質生活の過剰が精神の荒廃をもたらすことは、現代の社会がよく証明している。

無限の時間のなかにおける人間の存在は、ゲーテの詩に歌われているように「束の間に滅び去ってゆくのだ」。良寛ではないが「無常信《まこと》に迅速」である。その姿は『方丈記』の時代においても、現代の自由主義国においても、社会主義国においても、全く変わりがない。時代や国によってその様相にちがいはあっても、本質は全く同じである。人間は年輩になれば、誰でも死に直面し、この問題にぶつかるのである。スターリンは死を恐れ病室のまわりを衛兵に守らせたと、彼の娘の回想記にしるされている。無常の克服は、権力や経済力ではどうにもならぬ問題である。

さて、さきのゲーテの詩句であるが、そこには手みじかに言うならば、無常とその克服という人間の歴史にくりかえされたもっとも大きな問題についての、ゲーテ自身の見解が描かれているものと言えよう。そしてまずわれわれの感じるのは、その見解がきわめて仏教的であるということである。仏教には「諸法無我」という真理がある。すべての物は時間的にも、空間的にも、概念的にも、相互に関係しており、他と関係しない絶対孤立の存在はない、という意である。万物は相互に関係を持ちながら流転しているのである。だから、すべての物を固定した永遠不変なものとして、それに執着してはならない。不安や苦悩は、無常無我の道理を知らず、執着すべからざるものに執着することから生ずる。正しい判断から行動すれば、いたずらな執着がないから不安や苦悩もなく、心も動揺しない。それを涅槃《ねはん》といい、そこから生まれる清らかな幸福を寂静《じゃくじょう》という。それは仏教の目的であり、人生最高の理想とされている。

ゲーテの詩句はこの仏教の真理を体得しているかのようにさえ、感じられる。執着すべからざるものに執着しようとすれば、かぎりない願望、意欲、要求、抵抗の連続となって、不安と苦悩のとどまるときがない。捨身こそは、無常無我の道理を知ることである。ゲーテは捨身というドイツ語を、「自分を放棄する」、「我執を断念する」という意の言葉で表現している。この心境は日本人にはきわめて親しみやすい境地ではないか。

西田幾多郎のゲーテ観　著名な哲学者西田幾多郎は昭和六年一二月、ゲーテについて次のように述べた。

「……ゲーテの世界は行為の世界であつて直観の世界ではなかつた。エントザーゲン（あきらめること、筆者注）は行為によるエントザーゲンでなければならない。而もゲーテの行為の世界の底にあるものは、カントやフィヒテのそれの如き当為ではなくして解脱である。……ゲーテに於ては内もなく外もなく、有するものは有るがまゝにあるのである、何物もなき所から来り何物もなき所に去り行くのである。而も斯く無より無に入る所に微妙なる人間の響があるのである。……歴史が永遠の今の限定として、過去も現在に於て、未来も現在に於て消されると考へられる時、すべてが来る所なくして来り去る所なくして去る、有るものは有るがまゝに永遠である。我々の孚《はぐく》まれた東洋文化の底にはかゝる思想の流が流れて居るのである。」（ゲーテ年鑑）

ここにもゲーテの東洋的本質が指摘されている。

西欧文明の基盤はキリスト教とギリシア文明の二本の柱だと言われている。キリスト教の浸透した西欧社会では、無常観は発達しなかった。手元の哲学辞典をしらべてみても、「無常観」「無常感」などという項目はどこにも見あたらない。すべては神からいでて神へかえるからである。ゲーテは西欧社会に生まれたキリスト教徒だったが、素直に、しかも深く無常を感じとった。彼が紋切型の西欧人でなかったのは、しきたりにしばられないゆたかな人間性を持っていたからである。世界は経済や政治によって動かされている。しかし、経済や政治で解決できない人間の深い姿を、ゲーテの『神と世界』は示している。そして、この『神と世界』のかかわりあいは、人類の存在するかぎり、われわれの身近かな問題としていつまでも残る問題にちがいあるまい。

トーマス＝マンの講演

ドイツ的ということは、いったいどういうことなのか。ドイツ人個人は、その顔がみなちがっているように性格もおのおのちがっている。にもかかわらず、ドイツ人的とか、ドイツ的とかという言葉が存在し、そういう概念が通用している。それは、日本的とか、日本人的とかという言葉が用いられているのと同じことである。個々の人は非常にちがっていても、集団的に観察すればいくつかの共通的なものをあげることができ、それがおのずから他国人の場合とちがっているからである。ところで、ゲーテは、ドイツ的とかドイツ人的とどのような関係にあるのであろうか。この問題を考えることは、ドイツ人的とは何ぞやという問題に一つの答えを得ようとすることであり、同時にまた、ゲーテ自身の本質を知ることでもある。その一つの答えの試みとして、私はここにドイツの作家トーマス＝マン（一八七五〜一九五五）の考え方を述べてみようと思う。

第二次大戦でドイツが全面降伏した翌月、一九四五年六月初旬、トーマス＝マンはアメリカ国会図書館で「ドイツとドイツ人」という演題で講演をした。ナチス政権にドイツ市民権を剥奪《はくだつ》されてアメリカに亡命していたマンは、一年前からアメリカ市民権を得て、国会図書館に館員の地位を持っていた。彼の講演の要旨は、無謀な戦争の結果悲惨な運命のどん底にあえぐ同胞の上を想いやりながら、ドイツ人の本質を静かに反省したものである。この老作家のドイツ人にたいする批判は、けっしてひややかな、憎悪にみちたものではなく、自分をもふくめた、ドイツ人そのものにたいする深い謙虚な省察であった。

その講演のなかで、トーマス＝マンはドイツ的な特色をもっともよくあらわした人物として、ルター、ゲーテ、ビスマルクの三人の名をあげている。

ドイツ人的性格のなかでもっともきわだっているのは、音楽的なことと、ロマン主義的なことである。そしてこの二つの傾向は、ドイツ人の著名な本質である「内向性」と深い結びつきを持っている。ドイツ民族は世界の文化にたいしてたくさんのかがやかしい貢献を果たしながら、一面においてたび重なる戦争を引きおこしては大きな迷惑をかけてきた。そのこと自身がドイツ的性格と深いかかわりがあると、トーマス＝マンは見ている。

ルター型のドイツ

マルティン＝ルターは言うまでもなくドイツ的本質を具現した偉大な人間像である。彼は宗教改革を遂行し、聖書の翻訳によって現代ドイツ語の基礎をきずいた。信仰のみが神の恩寵にあづかる唯一の道であると説いて、スコラ哲学のわずらわしい束縛から人びとを解放した。良心を神に直結することにより、研究、批判、哲学的思索等の自由を、飛躍的に拡大した。彼の偉大さにたいしてトーマス＝マンはいささかの異議もさしはさむつもりはない。にもかかわらず、マンはルターが好きになれない。なぜなら、ルターにはドイツ的長所と欠点が同居しており、その恐しい欠点の面がドイツ人の歴史の上にくりかえしあらわれ、禍いをふりまいたからである。言わばルターはそのお手本を示しているのだ、とマンは考えている。それはいったい、具体的には何をさしているのであろうか。

ルターは人間と神とのあいだを直結することによって、ヨーロッパのデモクラシーを促進した。なぜなら「すべての人は自分自身の司祭である」という彼の主張こそ、デモクラシーの基本だからである。だが、その点においても、マンはルターを全面的には認めることができなかった。ここでしばらく、マン自身の言葉に耳を傾けることにしよう。

「なるほどルターは自由の英雄でした。——だが、それは、ドイツ型のものでありました。なぜなら、彼は自由を全く理解していなかったからです。私がここで問題にしているのは、キリスト者の自由ではなくて、政治的自由、つまり国民の自由をさしているのであります。政治的自由はルターを冷酷にしたばかりでなく、その運動や要求は彼の心霊にそむくものでありました。彼のあと四〇〇年たった時代に、社会民主主義者であるドイツ共和国初代大統領は『わたしは革命を罪悪のようににくむ』と申しましたが、その言葉は純粋にルター的であり、純粋にドイツ的でありました。じっさい罪悪のようにルターは農民一揆をにくみました。農民一揆はもともとルターと同じようにプロテスタント的な感動から立ちあがったものでありまして、もしそれが成功していたならば、ドイツ史全体の上により幸せな方向転換、つまり自由への方向転換が与えられたでありましょう。しかるに、ルターは、農民の決起を彼の成果である宗教的解放をめちゃくちゃにする危険以外の何物でもないと見なして、蛇蝎《だかつ》のようにきらい、全力をふりしぼって呪うたのであります。狂犬と同じように農民たちを殴り殺せ、と彼は命じました。そして封建君主たちに向って、今こそ畜生同様な農民どもを屠殺《とさつ》し絞め殺すことによって天国へ行けるのだ、と呼びかけたのです。ドイツ最初の革命の企てがこのような悲惨な結末をつげ、封建領主たちが絶対的権力を手中に入れて勝利をおさめたことにたいして、ドイツの人気男ルターは、大きな責任を負うているのであります。」

いわゆるドイツの農民戦争は、封建制度のもとに極度に抑圧されていた農民たちがルターの福音主義に鼓吹されて、ドイツの南地区や西南地区一帯で蜂起したものであった。いわばマルティン＝ルターの説教がひきおこした情熱の爆発であった。ルターは初めこれを支持したが、その勢いがさかんになるや、やがて一転して、徹底的な弾圧を叫んだのである。ルターが偉大な人物であったことはなにびとも否定できないが、彼はドイツ型の偉人であったのだ。解放的な力であると同時に反動的な力であるという二重の意味を持っている点において、ドイツ的であった。彼は保守的な革命家だったのである。

ルターの宗教改革はドイツ人の内向性が果たした大きな歴史的行為であった。ドイツ人たちはそれを解放的行為と呼んだ。たしかによい面も大いにあった。だが、反面、その後のドイツの歩みに重い足かせの役割を果たす原動力となったことを忘れてはならない。トーマス＝マンによれば、ルターはローマ法王に反抗することによって、反ローマ的、分離主義的、反ヨーロッパ的な態度をとらざるを得なかった。それはヨーロッパのキリスト教徒を二つの世界に分裂させる結果となり、三〇年戦争という大惨禍をもたらしたのである。ドイツ人の分離主義的内向性は更にドイツ国粋主義を生む母胎となった。ドイツ人がもっぱらドイツ的であろうとする民族的エゴイズムにかられて、ヨーロッパのドイツ化を、すすんでは世界のドイツ化をはかろうとする野望と結びつくようになったのである。

ビスマルク型のドイツ

ドイツはルターの後に再びビスマルクというドイツ型の英雄を生んだ。彼は統一ドイツを実現し、ヨーロッパにたいする君臨を果たした政治的天才であった。だが、ビスマルクのドイツにはデモクラシーはなかった。デモクラシーという言葉の意味から言えば、国民とはなんのかかわりもない帝国であった。戦争によって生まれたこのドイツ帝国は、やがて世界の厄介者となり、世界の厄介者として滅び去ったのである。

ヒトラー帝国は三たびドイツに大きな惨害と恥辱をもたらした。優秀で善良なドイツ民族がなぜこのような悲劇にくりかえし巻きこまれたのであろうか。トーマス＝マンはそれを分析して、真の自由を理解しない国民の悲劇と見なしている。

「自由というものは政治的に解釈すれば、一種の道義的・内政的な概念であります。内的に自由がなく、自分自身に責任が持てぬ民族は、外面的な自由をうるに値しません。そのような民族は共に自由を語る資格がありません。こころよくひびく言葉だけが用いられていても、それはあわれな誤用にすぎません。ドイツ人の自由の概念はいつも外部にだけ向けられてきました。そこに考えられてきたのは、ドイツ的であるという権利のことだけでした。ひたすらドイツ的であること、それ以上の何物でもなく、それを越える何物でもなかったのです。ドイツ人の自由の概念は、民族的エゴイズムをできるだけ抑えしずめて共同社会や人類への奉仕に向けようとするすべてのものから、自己中心的に防衛しようとする抗議的な概念でありました。」

ゲーテ型のドイツ

トーマス＝マンがドイツの代表的な人物としてあげたルターやビスマルクのなかには、ヒトラー＝ドイツの悲劇を招く要素が根深くひそんでいた。あの Deutschland über alles（ドイツは世界に冠たり）という、ドイツ至上の、ロマン主義的な夢魔である。ところが、ドイツには、もう一人の代表的な人物がいる。言うまでもなく、ゲーテだ。マンは嘆くのである。なぜ、ドイツ人はいつもルター型の行き方に従って、ゲーテ型を選ばなかったのか、と。

ゲーテは、時代や国境の別なく、あらゆる偉大なものや遠大なものに深い共感を示した。彼は超国民的なもの、世界的な理解を得られるドイツ的なものを愛した。国粋的に狭くるしいことが大嫌いだった。ナポレオン戦争のときもいわゆる急進的な愛国者たちから、侵略者ナポレオンの求めに応じておめおめ彼に会いにいくとは何事かと、ひどく非難された。しかしゲーテの行動は今日から見れば、はるかに広い見識からドイツを愛していたことが誰の目にも明らかである。ヨーロッパに君臨していたナポレオン皇帝も、このドイツの詩人に深く私淑していたのである。

宗教についてもゲーテの立場は狭い宗旨にしばられることは、全くなかった。彼は新教の家に生まれたが、新教でも、旧教でも、気に入らぬことは遠慮会釈もなくこきおろし、心情の高貴な人は宗旨の如何をとわず尊敬した。イスラム教にも理解があった。若いころからスピノーザの汎神論に共鳴し、自然のなかに神の姿を見る思想は、晩年にいたって独自な発展をとげた。彼はあらゆる宗教に理解を示した。その意味では宗教的な人間であったが、同時に、宗教的放浪児でもあった。ただ彼は、現実の生活のなかに高貴な神性の姿を見ようとする努力をつねにおこたらなかった。

「世界文学の時代が来ている」

世界文学という言葉は今日では日常用いられているが、この概念を初めて提唱し、この言葉を初めて用いたのはゲーテであった。文学の世界でも狭くるしい世界に生きるのが嫌いであった。彼の晩年、ドイツ文壇はロマン派に支配されていたが、ロマン派は民族戦争以来の政治的影響をつよくうけて極めて国粋的であった。そのために取材の選択や取り扱いの態度に少しものびやかなところがなかった。「世界文学」の提唱は多分にこの閉鎖的な文壇の傾向にたいする反発であり、また啓蒙的な意味もあった。彼はエッカーマンに次のように語っている。

「わたしはますます次のような考えを深くしている。文学は人類の共有財産であって、時と処を問わず、無数の人びとの心から生まれてくる。多少上手下手の区別があり、或る者は他の者より多少ながく浮んでいる、というだけの話だ……だから、誰だって自分がいい詩をつくったからといって、うぬぼれる理由はないわけだ。しかし、もしわれわれドイツ人が、自分だけの狭くるしい環境から外をのぞくことをしなければ、容易にこのペダンチックなうぬぼれのとりことなるだろう。だからわたしは好んで外国の事情をたずね、人にもそうするようにすすめているのだ。国民文学なぞということには、もはや大した意味はない。世界文学の時代が来ているのだ。だから、われわれはみな、この時期を促進させるために働かねばならない。」（一八二七年一月三一日水曜日）

ゲーテが一八世紀なかばから半世紀にわたって切りひらいた文学の世界は、ドイツ語という枠からはみだし、ドイツの政治的国境をのりこえて、はじめてフランス、イギリス、イタリア、ロシア、北欧諸国へと押しひろがり、ヨーロッパの文化国の全域に浸透していった。そして彼自身はヴァイマルから一歩も外へ出ないのに、全欧の詩人、文人たちがあたかも聖地への巡礼のように彼を

ヴァイマルのゲーテの住居

見ようと集まってきたのである。この事実は、世界の詩人や文人たち、言いかえればもっとも高い教養人たちは、いっさいの政治的、人為的限界をのりこえてたがいに心から心に語りあうことができるという構想を、ゲーテに深くいだかせた。文学は「人類の共有財」というゲーテの考えは、おのおのが国民的特殊性の骨格を持ち、あくまでも個性的、実存的でありながら、同時に普遍的な人類共有財の価値を持ちうることを意味している。

　ドイツ人がゲーテ型の行き方に従わなかったのをトーマス＝マンが嘆いたのは、ゲーテ型のなかにこそドイツの偉大さがあり、それが絶対普遍的な偉大さであるから、もしドイツ人がゲーテ型の世界を尊重するならば、他の世界とのあいだにもつねに和解のかけ橋がありえたし、またありうるであろう、と彼自身深く信じていたからである。マンの見解は、また同時に、ゲーテがなぜ永遠に読まれるかという問いかけにたいする一つの解答になっている。

ドイツ人の富士山、ゲーテ

ドイツの作家ハンス＝カロッサ（一八七八〜一九五六）は、第二次大戦の末期、彼の郷里であるパッサウという古都を、少数の神父たちと協力して、無防備宣言を声明することによって連合軍の砲火から守った人である。戦争が少しでもながびいたならば、徹底抗戦を主張していたナチス軍から処刑されたにちがいない。この静かな勇者は、「現代におけるゲーテの影響」と題する講演（一九三六年六月八日）のなかで次のように述べている。

「われらのエルンスト＝ベルトラームはゲーテという綜合的体験を遠くに青く見える心霊の山だと名づけましたが、ゲーテと現代との関係をこれ以上美事に描くことはできません。この美しくひびく山は、たとえそれを知らぬ人が多くあったにしても、国の心の中心にちゃんと聳《そび》え立っているのであります。そして、それが、色彩にかがやく身ぢかな存在になるかどうかは、全くわたしたち自身にかかっている問題であります。ちょうどすべての日本人が伝説につつまれた火の山、富士山を、たとえ遠くに住んでいて、その峡谷や裾野のひろがりや雪にかがやく山頂に足跡をしるしたことがなくとも、故国のシンボルであるもっとも神聖な霊山としてしみじみわがものと感じていると同じように、われわれドイツ人は、ゲーテの本をひらくことがほとんどない場合でも、ゲーテの力と存在を感じているのであります。じっさい、誰でも、ゲーテの庭苑や広野や森のなかを、或いは彼のひかりかがやく湖のほとりを自由にさまよい歩くことができ、そこですばらしいめぐり逢いを体験し、神の声をきくことができるのです。また、彼の深い鉱山のなかへくだっていって、そこから自由に加工できるほどのたくさんな、貴重な鉱石を掘りだすことができるのであります。」

ゲーテとドイツ人の関係を富士山と日本人の関係にたとえているのは、われわれにとっても興味深い。富士山が日本の山でありながら世界の人びとから驚異の眼で見られているのは、ゲーテがドイツの詩人でありながら広く世界の人びとから愛されるのと、ある意味ではたしかによく似ていると言えよう。カロッサが名をあげているエルンスト＝ベルトラーム（一八八四〜一九五七）とは、当時の著名なケルン大学教授で、詩人であり、文芸評論家でもあった。

カロッサはドイツ人であるけれども、そのゲーテのとらえ方は広い世界的視野に立っている。彼によれば偉大な人間は貴重な元素に似たところがある。例えばラジウムのように単純に存在して作用しているが、その放射能が誰にききめがあるかなどとは、尋ねない。ゲーテの存在も、それと異ならない。カトリックであろうが、プロテスタントであろうが、異教徒であろうが若いゲーテや老ゲーテから新鮮なはげましを受けないような、また彼の敬虔な気持ちに打たれないようなドイツ人は一人もいない、とカロッサは考えている。そして次のような彼の想定は、ゲーテの世界がドイツ人の敬愛する世界であると同時に、人類共通な理想郷にちかい世界であることを語っているものと言えよう。

「もしいつかこの世の中に、永遠の平和という古来からの夢に相応するような状態が達せられる時が来るとするならば、そこに実現する状態は、おそらくゲーテの世界からほど遠くない姿でありましょう。」

どのような体制の社会においても人びとの描く理想郷の姿は、観念的にはほぼ一致している。だが、現実的にはどのような姿をとるのであろうか。この疑問にたいする一つの解答をカロッサは想像したのである。人間にとってもっとも大切なのは、人間を尊重することである。ゲーテは万物を人間において見ようとしている。この彼の態度が、つねに時空を越えて多くの人びとのあたたかい共感を呼びおこす理由なのかも知れない。

Ⅱ　疾風怒濤の時代に

若き日のゲーテ

ゲーテの家系　ヨーハン＝ヴォルフガング＝ゲーテ（Johann Wolfgang Goethe）は、一七四九年八月二八日正午、マイン河畔のフランクフルトに生まれた。ゲーテは『自叙伝』のなかで、「助産婦が未熟だったためにわたしは死児として生まれ、いろいろ手をつくしたあげく、やっと日の目を見ることができた」と、しるしているが、三日がかりの難産であったという。現代風に言えば、仮死の状態で生まれたのである。産婆と祖母が赤子をゆすったり、みぞおちを葡萄酒でこすったりしたらやっと眼をあけたと伝えられている。

父ヨーハン＝カスパル＝ゲーテは大学を出たのち郷里の市役所につとめることをつよく希望したが断わられ、私人として不遇な生涯を終わった。気まじめでがんこだったが、その不器用な性格のかげにあたたかい気持ちの宿っていたことを、詩人は感じとっていた。

父からは　体格と
人生の厳粛な生き方とを　うけついだ

ゲーテの父（左）と母

と、ゲーテは短詩のなかでうたっている。

ゲーテの父は非常に晩婚であった。彼が妻を迎えたのはもう四〇に手がとどこうというころで、当時としては初老にちかい年輩であった。相手は一七歳の娘で、二人のあいだには二一歳もの年のひらきがあった。

父方の家系はテューリンゲン出身で、曽祖父は蹄鉄工であった。祖父フリードリッヒ＝ゲオルクは若いときから故郷を出て、婦人服の職人となった。そのころではもっとも上品な、ハイカラな職業であった。パリで修業をつみ、有能な仕立職人として諸方を遍歴し、最後には絹の町リヨンで働いていた。しかし政治的事情の変化のためにフランスから追放され、フランクフルトに落ちつくこととなった。

先妻を失ったあとゲーテの祖父は、金持ちの旅館経営者の未亡人を二度目の妻として迎えた。ゲーテの父はこの妻とのあいだに生まれた次男であった。彼女の持参金はすばらしい旅館だった。「ヴァイデンホーフ」（柳屋）というこの旅館は五階建ての堂々たる建物で、ながいあいだフランクフルト名物の一つであった。すぐれた婦人服職人であった祖父は、この旅館を足場として商いの世界でも腕をふるった。彼がもっとも成功したのは葡萄酒の取引であった。孫のゲーテが数十年間ぜいたくができたのも、全くそのおかげである。

ゲーテの母の娘時代の名は、エリーザベト＝テクストルという。テクストル家の長女である。母は気持ちの明るい人であった。父親は苦虫をかみつぶしたような気むずかしいところがあったが、彼女は濶達《かったつ》で、楽天的であった。ゲーテは、

母からは　快活な性質と
物語をするよろこびを　うけついだ

とうたっている。

母の実家は声望ある家柄であった。代々法律家だったが、母方の祖父は出世街道を歩いてフランクフルトの市長となった。市長は自由都市フランクフルトでは最高の地位で、しかも終身の地位であった。この祖父はゲーテの父とは対照的な人物で、体格も性格も全くちがっていた。細面で、ゆうずう自在なところがあったという。

ゲーテの父は大学を出たのちイタリアに旅をした。当時にあっては、身分も地位もない若者にと

ってはそれは途方もないぜいたくな旅行であった。その上故郷にかえると、しきたりを無視していきなり市役所に就職を申し入れ、最初は給料はいらないなどと言ったりした。門閥が物を言っていたころの役人たちの眼には、このような言動は、よそから流れてきた仕立職人の倅《せがれ》の、金に物を言わせようとする傲慢《ごうまん》な態度と映ったにちがいない。就職を拒絶されたゲーテの父は役人どもを見かえしてやろうと、皇帝から「枢密顧問官」という称号を三一三グルデンで買い取った。これは名ばかりの肩書で、何の仕事もともなわないものであった。だが、この肩書のおかげで彼は自分より身分の高い人たちと肩をならべることができるようになった。それだけに一方では、就職の機会からいよいよ縁遠くなってしまった。

　母の実家テクストル家は声望はあったが、金持ちではなかった。だから、財力のある初老の「枢密顧問官」殿が長女に結婚を申し込むと、一も二もなく承諾したのであった。テクストル家には四人の娘と一人の息子がいた。娘たちの教育にはあまり金をかけなかった。娘たちはみなのびのびと育ったが、さほど教育はなく、読み書きを一通りならったていどにすぎなかった。次女は食糧雑貨商に、三女は牧師に、末娘は軍人に嫁いだ。息子は法律を学び、のちに彼も市長になった。

　ゲーテの生まれた翌年の一二月に、妹のコルネーリアが生まれた。だが、そののち生まれた三人の子供はみな夭折《ようせつ》した。ゲーテは結局二人きょうだいであった。父はひたすら家に引きこもり、書物や博物標本や絵の蒐集に興味を感じ、子供たちの教育に没頭した。こうして定職のない「顧問

ゲーテの生家

官」は、世にすね、社会からはなれ、自分と世間をうらみながら早く老いていった。

ゲーテの生家、いわゆる「ゲーテ－ハウス」は現在フランクフルトの観光ルートに入っていて、当地を訪れる人は必ず見るにちがいない名所の一つになっている。ゲーテの生まれたこの家は、祖父が死去した年（一七三〇）の翌年、旅館業をやめた祖母が買い取って移り住んだところである。この祖母は長生きで、ゲーテの五歳のとき八六歳で世を去った。彼はこの祖母について、「わたしは、いわば精霊のような、美しい、やせた、いつもさっぱりとした服装をしていた祖母を想いだす。おだやかで、やさしくて、親しみぶかい祖母が、わたしの記憶のなかに残っている」と、自伝のなかにしるしている。祖母の死後間もなくゲーテの生家は改築されたが、二つの家をつなぎあわすこの仕事は、職のない「顧問官」にとって大事業であった。

自由都市フランクフルト　ゲーテの生都フランクフルトは、古くから交通の要所として知られていた。この地点でマイン河を横断すると、軍事的にも通商的にも便利だったからである。ゲーテの生まれた当時フランクフルトの人口は三万以上もあって、活気のある町であった。交通が便利であったことは、おのずからこの町を経済、政治、文化の一つの中心地となした。その上、カール大帝やその後継者がここに住んでいたという歴史的事実によって、フランクフルトはドイツ帝国の主権者の選挙地となったばかりでなく、更にのちにはドイツ皇帝の戴冠式挙行の地と定められるようになった。こういう理由からフランクフルト市民は皇帝に直属して、他の者からは支配を受けないという特権を持っていた。そのため、神聖ローマ帝国が力を失ったのちもフランクフルトは独立した一自由市を形成し、市民たちはそれに大きな誇りを感じていた。

だが反面において、この歴史的な伝統は町の外観や生活機構の上につよい中世的な影を残していた。城壁のなかにはびっしりと家が建てこみ、路地がせせこましく曲りくねってつづいていた。そこへ寺院や僧坊《そうぼう》や市民の邸宅などが高い土塀をめぐらしていたので、まるで陰欝《いんうつ》な城寨の様相を呈していた。当世風のフランス好みはこの町にははやらず、もっぱらドイツ中世風の習慣、道徳、服装などが幅をきかせていた。市民は厳重な階級によって区分されていた。最下層の民衆はほとんど何の権利も持っていなかった。その上に工業者があり、更にその上に商人と大学出の学士が重なっていた。最上層をしめているのが名門貴族の徒であった。市政の実権は、貴族と学士らの中にあった。だから自由都市とは言っても、今日の眼から見ればずいぶん不自由な世界ではあったが、それでも当時のドイツの他の諸都市に比べればはるかに恵まれた状態にあった。

フランクフルトは純カトリックのドイツ皇帝を選出し、その戴冠式をとり行う町だったけれども、町自体は全くルター派の町であった。カトリック教徒の数はごく少数で、彼らには市政に関与する資格が与えられなかった。ゲーテ家はプロテスタントであった。身分的には、上流階級ではなかったが、ごく裕福な市民であった。ゲーテの家には内井戸があった。つまり、台所のなかに井戸があったのである。当時は戸外に公共の井戸があって、そこへ水を汲みにいくのが主婦や娘の日課であった。ゲーテの生まれたころ、町家で内井戸を持っていたのはわずか二軒だったというから、ゲーテ家がどんなにゆたかだったかが、うかがわれる。

変転きわまりない世界に

ゲーテは一七四九年八月二八日に生まれ、一八三二年三月二二日に死去した。この八三年のあいだに世の中はさまざまに変転した。彼は幾多の戦争や社会的変動を体験した。神聖ローマ帝国の崩壊を意味していた七年戦争、アメリカ独立戦争、フランス革命とその後の戦争と動乱、ナポレオンの世界制覇と没落、それにつづく反動時代、一八三〇年の七月革命などなど。少年時代は中世の余韻にひたりながら育ち、晩年には、プロレタリアート最初の政治的権利の宣言をきいたのである。

芸術的には時代は、バロックからロココ、啓蒙主義、シュトゥルム－ウント－ドゥラング（疾風《しっぷう》怒濤《どとう》）、古典主義、ロマン主義へと変貌した。ドイツ文学は田舎文学扱いを受けて各国からほとんどかえりみられなかったが、彼の出現によって初めて広く世界的脚光をあびるようになった。小さなドイツの町ヴァイマルは、フランス、イタリア、イギリス、ロシア、アメリカ、セルビア、ポーランド、スカンジナヴィアなどの若い文学の徒のあこがれの聖地となった。

　科学の世界においても、中世の姿は急速に影をひそめた。化学が錬金術にとってかわり、すでに生産の基礎をかたちづくっていた。一方古い神学の世界像はその王座をうばわれ、カントによって信仰は学問の世界から切りはなされた。人間は自然の進化の関連のなかに組みこまれた。ゲーテ自身も自然を解きあかす仕事に大きな貢献をなした。一八世紀の中葉フランクフルトに生まれたゲーテは、この変転きわまりない世界へ一歩一歩踏みだしていくのである。

少年ゲーテ

ゲーテの教育と読書

　少年ゲーテはおもに家庭で教育をうけた。当時はまだ小学校の教育が完備していなかったので、良家の子弟たちは家庭教師による自宅教育をうけたのである。ゲーテもその道をたどった。父親が何よりも熱心な先生であった。

　ゲーテはきわめてりこうな少年だったから、父やその他の先生たちの教えることではすぐ満足できなくなった。文法は勝手な法則のように思えて、少しもおもしろくなかった。韻をふんだラテン語の入門書だけは、気に入った。ゲーテはその本の内容を拍子をとりながら、ひとりで歌った。ゲーテは文法的な誤りで他の少年に劣ることはあるにはあったが、文法をとびこえていきなり文章そのものを理解する点では、群をぬいていた。作文の課題ではいつも他の追従をゆるさなかった。ゲーテがラテン語を教えこまれた部屋で、父は妹にイタリア語を教えた。彼は自分の課題をすませてからもじっと坐っていなければならなかったので、自分の書物をそっちのけにして妹の授業をきいていた。このような片手間で、彼はイタリア語をきわめて早く理解した。語学は彼の得意の分野であった。英語、フランス語、イタリア語、ラテン語、ギリシア語、ヘブライ語などは、いずれも少年時代に習得したものである。

ゲーテは読書好きの少年であった。当時はまだ児童文庫などはなかったが、彼は手あたり次第に読めるものはかたっぱしから読んだ。その数はまことにおどろくほどのものであった。各種の寓話、神話、奇《き》譚《たん》などを読破して、ゲーテの頭のなかはたくさんの事件や奇怪な人物で一杯になっていた。そしてこういう事件や人物を反芻して少しも退屈を感じなかった。フランスの僧侶が書いた「テレマック」という教育小説やダニエル＝デフォーの『ロビンソン・クルーソー』なども、ゲーテの愛読書であった。他にも「通俗文庫」の名で呼ばれていたたくさんの物語を読みあさった。そのなかに『ファウスト』の伝説もふくまれていたのである。

家が古くてうす暗い隅が多かったので、子供たちの恐怖心をそそるようにできていた。しかし当時は恐しいもの気味わるいものに子供のころから馴れさせなくてはならないという不幸な教育方針が行われていたので、子供たちは子供たちだけで眠らねばならなかった。ゲーテにはそれがとてもつらかったので、そっとぬけだして女中や召使たちといっしょになろうとすると、厳格な父は寝巻きをうらがえしして正体のわからないような変装をして子供たちをびっくりさせ、またもとの寝室へ追いかえした。が、これはかえって、子供たちの恐怖心をあおる結果となった。ところが気性の明るい母親は、がまんをすればごほうびをあげようと言って、うまく目的を達することができた。ちょうど桃の実のうれるころであったが、彼女は、もし子供たちが夜しんぼうすることができるなら、翌朝たくさんの桃の実をあげようと約束した。これは、双方にとって満足な結果となった。ゲーテの自伝にしるされたこのエピソードのなかにも父母の性格が浮きぼりにされており、ゲーテの少年時代の家庭の雰囲気がよく描かれている。

幼少のころからゲーテの関心をそそったのは、父が二階の廊下をかざるためにかかげた幾点かのローマの風景画であった。ゲーテは父から親しくその説明をきくことができた。ふだんは無口な父も、イタリアの風物についてはつよい情熱を示した。イタリアから持ちかえった大理石や鉱物の蒐集なども、しばしば見せてくれたりした。父は年老いたイタリア人の語学の先生を助手にして、イタリア語で書いたイタリア紀行を編集したほどであった。ゲーテが後年みずからイタリアの風物に接したとき、旧知のものを見る思いがするという意味の感慨をもらしているが、それは、こういう幼少のころからの見聞によって生まれた親しさをさして言ったものであろう。ゲーテのイタリア旅行は彼の生涯にじつに重大な転機をもたらした。

ゲーテのいたずら

ゲーテはいっしょに遊ぶ仲間がなかったわけではなかったが、いわゆる幼な友達は一人もなかった。彼は一つ年下の妹と遊ぶことが多かった。粗暴なことがきらいな少年であった。かと言って、神妙一点ばりの神童でもなかった。やんちゃないたずらはけっこうやらかしたのである。その一つの例をここに紹介しておこう。

ゲーテの家には改築前、玄関の入口のそばに「格子の間」と呼ばれる鳥籠風の建物があった。これは当時たいていの家にあったものだが、ちょうど交番のボックスのような感じのする木造の格子づくりの建物であった。このなかで婦人たちは縫物や編物をしたり、サラダをえりわけたりした。隣り同志の女たちはそこでたがいに言葉をかわし、子供たちもこの格子をとおして近所の子供たちと交際した。ある日の午后――ゲーテは四、五歳の子供だったにちがいない――この格子の間でおもちゃに買ってもらった皿や壺をもてあそんでいたが、つまらなくなって、いきなり一つの皿を街上にたたきつけ、それが砕けるのを見て手をうってよろこんだ。すると向かいがわに住んでいる平生ゲーテをかわいがっていた年上の三人の兄弟がこの様子を見て、「もっとやれ！」と叫んだ。ゲーテはすぐさま一つの壺を投げつけた。彼らはひっきりなしに「もっとやれ！　もっとやれ！」と叫んだ。ゲーテはつぎつぎに小皿、小鍋、小盃などを片っぱしから舗道《ほどう》にたたきつけた。しまいにゲーテの貯えはなくなってしまったが、三兄弟は相変わらず「もっとやれ！」と叫びつづけた。そこでゲーテは台所へ走っていって大皿を持ってきた。大皿のわれるさまはたしかに見ものだった。「もっとやれ！」彼らは相変わらず叫んでいる。ゲーテは幾たびもいったりきたりして、皿棚の陶器を手のとどくかぎりひっぱりだして、一つ残らずたたきこわしてしまった。誰かがあわててとめたときには、もう騒ぎはすっかりおさまっていた。

リスボン大地震と七年戦争

当時は今日のようなスピード時代ではなかったが、やはりいろいろな社会的事件が起きてそれぞれ少年の人間形成に寄与する動因となった。

一七五五年一一月一日、有名なリスボンの大地震が起きた。ポルトガルの首都を壊滅させたこの地震は、六万の人の命を一瞬のうちに奪い去ったという。この悲惨事についてくりかえしきかされたゲーテは、聡明で慈悲深いと教えられていた万能の神が、なぜ正しい人びとの破滅を防ぐことができなかったのか、どうしても理解できなかった。この不信の印象を消そうと努力したけれども、それは徒労に終わった。神の問題は少年時代から深くゲーテの心をとらえた。ゲーテたちに教え込まれた教会の新教主義は一種の無味乾燥な道徳にすぎなかった。子供ながら教会の形式主義に納得のゆかなかったゲーテは、おのずから、教会から離脱した少数の人びとの真摯《しんし》な独創的な意見にひかれるようになった。彼は次第に自然の偉大な神に直接近づこうという考えを抱くようになった。

「自然と直接に交渉し、自然を自己の作品として認めかつ愛する神」こそ、真実な神であるという考えに到達するにいたった。

リスボン大地震の翌年ゲーテが七歳のとき、世界史上に名高い七年戦争がおこった。オーストリアとプロイセンの戦いである。プロイセンはのちには軍事強国のイメージをふりまいたが、当時は神聖ローマ帝国とその強大な同盟軍にたてつく世界の片隅の一国にすぎなかった。ロシア、フランスの二大国ばかりでなく、ドイツの大部分の国々がオーストリア側に味方した。プロイセンを支持したのはイギリスとわずか二、三のドイツの小国にすぎなかった。

市長である母方の祖父はオーストリアびいき、父はプロイセンびいきであった。身内が真二つにわれたのである。このことが原因となって、市長と義理の息子は生涯そりがあわなくなった。ゲーテ自身もフリッツびいきであった。つまり、のちに大王と呼ばれたプロイセンのフリードリッヒ二世が好きだったのである。祖父のところへいくと嫌《いや》というほどフリッツの悪口をきかされて、うんざりした。だが、それを家で話すことができなかった。中に入って苦しんでいた母がいましめたからである。母方の祖父母にたいする尊敬と愛着の念が次第にうすらいだ。この問題でゲーテ少年は内省的にならざるを得なかった。リスボンの地震のあとで神の慈悲が疑わしくなったと同じように、フリードリッヒ二世のために、世の中の公正ということを疑うようになった。

ゲーテは学業に関して今日のような正規なコースを経て卒業証書を手に入れたわけではない。当時の大学入学資格には別段やかましい規則はなかった。大学へ入る年ごろになれば、ギムナージウム（高等学校）を終えていようと、独学で勉強してこようと、いっさいおかまいなしであった。だが、もとより、ゲーテの父にはぬかりがなかった。息子の学んだ学科目と外国語のリストは、どこへだしても立派なものであった。数学については、幾何学にとくに興味を持っていたという。当時はまだ学科にはなっていなかったが、物理については、例えば大市で買ってきた小さな発電機を使って、遊びとして行われたという。ともあれ、何事も鷹揚《おおよう》な時代であった。

グレートヒェンへの一目惚れ

ゲーテはめぐまれた少年時代をすごしたと言えよう。その上、初恋を体験した。一四歳のときである。相手の女性は小料理屋の店を手伝っていたその家の親戚の娘だった。グレートヒェンというゲーテより二、三歳年上の少女だった。良家の息子がどうしてこのような娘と親しくなったのか、それには、一つのエピソードがある。

ゲーテの詩才は若い者たちのあいだに評判になった。年少の血気盛んな連中は、ゲーテの詩才を利用していたずらを思い立った。うぬぼれのつよい一人の青年にニセの恋文を送って、大いにあわてさせようというこんたんであった。ゲーテにそのラヴレターを依頼したのである。彼はすばらしい才能を発揮した。彼の文章は筆蹟をかえてその男に渡された。青年は自分が懸想している女性が自分に熱烈に恋して近づこうとしていると、かたく信じ込むようになった。が、さて、筆がたたない。そこでみんなのすすめで、その返事はぜひゲーテに書いてもらいたいということになった。ここでも少年ゲーテは、びっくりするような腕前を示した。

そのうちにゲーテはその連中の晩餐会に招待されるはめとなった。恋愛の当事者である青年が費用を負担して、彼のためにすばらしい返事を書いてくれた少年詩人に感謝の意を表したいということだった。その席上青年はみんなにさんざんひやかされた。人のよいゲーテはインチキを見せつけられてすっかり後悔したが、おかげでグレートヒェンを知るようになったのである。

ゲーテは給仕に出てきたグレートヒェンを見るなり一目惚れしてしまった。彼は自伝のなかに「たぐい稀な、こういう環境のなかでは想像されないような、美しい少女であった」としるし、また「この瞬間からこの少女の姿がどこへいってもわたしにつきまとうようになった」と述べている。『ファウスト』第一部の女主人公にこの名が与えられているのは、あまりにも有名である。恋の青年を極度に緊張させたいたずら連中の立役者がグレートヒェンのいとこ達だったことから、ゲーテもグレートヒェンと親しくなる機会を得たのだが、連中の一人が詐欺《さぎ》事件をおこしたことからすべてが明るみに出てしまい、ゲーテもさんざん油をしぼられたあげく、彼らとつきあうことを厳重に禁止された。ゲーテの初恋もうたかたのように消えてしまった。

ゲーテは一七六五年一〇月ライプツィヒ大学に入学した。一六歳になったばかりである。こんな若い大学生は今では見られない。それにしても想いだされるのは森鷗外のことである。明治一〇年

（一八七七）四月東京大学医学部に入学したとき、数えで一六歳だった。あまり若すぎて二つ年をごまかしていたというから、表むきは一八歳になっていた。だが満では一五歳だったから、ゲーテよりもまだ一つ年下であった。なんとも、恐れ入った話である。それはともかく、ゲーテは一六歳の一〇月、ライプツィヒへいって法律を学ぶため初めて生家をあとにしたのである。

ゲーテ－ハウスの変転　前にも述べたが、ゲーテの生家は今ではドイツ名物の一つである。この家がながい歳月ときびしい戦禍を経てきたにもかかわらず今日の姿をとどめているのは、心ある先覚者たちのたゆまぬ努力の結実と言わねばならない。ゲーテのライプツィヒの学生生活を語るまえに、この家の歴史をふりかえるのは、けっして無意味なことではあるまい。

ゲーテの生家は一七三一年に祖母が買い取って移った家で、祖母の死後改築された。ゲーテの父は一七八二年五月七二歳で没した。父の没後一三年間母が一人で住んでいた。だがようやく老境に入った彼女は大きな家を一人では持てあまし、息子と相談した結果、息子のすすめに従い一七九五年七月人手に売りわたした。今日風に言うならば、広い家を売り払って便利なマンションに移ったようなものである。家具類はいっさい競売に付された。父が長年かかって蒐集した書籍や絵画のたぐいも四散した。

ゲーテの生家はレーシング家の所有となった。ところがゲーテの文名があがるにつれて、文豪の生家を一目見ようとして訪れる人びとが年々外国からもあとをたたなくなり、困りはてた同家はしまいに受付の訪問帳までおく始末になったが、その後腐朽がひどくなり、一八六〇年ころには改築の必要に迫られ、原形を保つことが困難な状態に立ちいたった。これをきいたオットー＝フォーゲラーは、とりあえず私財を投じてゲーテの生家を買い取り、広く募金をして復旧につとめた。単に原形をとどめるばかりでなく、ゲーテ家の昔の家具、書籍、絵画類をもできるだけ買いもどそうとする運動の端緒がここに始まったのである。

オットー＝フォーゲラーは一八五九年フランクフルトに「ドイツ自由中央研究所」(Das Freie Deutsche Hochstift) という一種の民間の総合文化研究所を独力で創設した人である。ドイツの科学研究所は一七世紀中葉以来すべて王侯によって設立されたものばかりであったのにたいして、これは初めての民間の機関であり、かつ封建的な枠をとりはらった、自由な、全ドイツの総合的視野に立ったものであった。当時にあっては全く斬新な卓見と言わねばならない。彼のおかげでゲーテの生家は研究所の財産となり、今日のように公開されるにいたったのである。

一九二五年一〇月、オットー＝ホイアー教授のあとをついでエルンスト＝ボイトラーが Das Freie Deutsche Hochstift の三代目の所長となり、一九六〇年病いに倒れるまでその職にあった。彼はゲーテの生家を今日の形にとりもどすためにあらゆる困難な努力をかたむけたばかりでなく、第二次大戦における危険を天才的に予感し、開戦前にいち早く家具いっさいを疎開させたばかりでなく、万一の日の再建にそなえて、あらかじめ建築物その他の寸法を精密に記録させておいたのである。一九四四年三月二二日の深夜――奇しくもその日はゲーテの命日であったが――烈しい空襲によってフランクフルトの旧市街とともにゲーテの生家も記念館も跡方もなく壊滅したのである。今日世界の人たちがゲーテの生家をまのあたり見ることができるのは、まったくエルンスト＝ボイトラーの功績であると言ってよい。戦後あらゆる苦難な条件のなかでフランクフルト市会が、「ゲーテ－ハウス」再建を復興事業第一番の仕事として議決したという小さな新聞報道を、私は今もあざやかに記憶している。

ライプツィヒ大学時代

さて、ライプツィヒ大学は名門の一つであった。教育にやかましかった父親が息子のためにとくにこの大学を選んだのである。世をすねて隠居生活をしている父は、息子の立身出世をねがっていた。自分の果たしえなかった夢を息子が実現してくれるのをいのった。法学を学ばせて弁護士とし、やがて故郷の市の要職につけようというのが父の意図であった。ライプツィヒはフランクフルトから北東約三〇〇キロの地点にある。東京から豊橋くらいはなれている。どんなに急いでも、馬車で三泊四日の旅であった。当時のドイツの道はひどいものだった。ゲーテが出かけたときは長雨のあとだったから、よけい悪い状態にあった。がたがたゆられてゆく旅は、楽しいどころではなかった。おまけに日暮れ方ゲーテの馬車はぬかるみにはまり込んで動かなくなった。だが、人里はなれたところとて助人《すけっと》もいない。一張羅《いっちょうら》を着込んだひょろひょろに痩《や》せた新大学生も、車を動かそうとうんとふんばって胸のすじをちがえるはめとなった。その後遺症がいつまでもゲーテをくるしめた。

ライプツィヒは当時小パリと呼ばれて世界に知られた美しい都市であった。商業の中心地で、書籍出版地としてすでに有名であった。市民生活はゆたかで、市内には宏壮な住宅がならび、郊外には多くの別荘が構えられていた。諸外国からも貴族富豪らがしきりに来遊し、大学へも諸国から遊学する子弟がたえなかった。

ゲーテは手榴弾の看板をかかげた「フォイエルクーゲル」（火の玉）という物騒な名前を持つ家に下宿した。しかしこの家は賑やかな町中にある立派な建物で、祖父母が経営していた旅館ほどの大きさがあった。二間つづきの感じのよい部屋を彼は借りうけた。貧乏書生の多かった当時、ぜいたくな話である。学生の多くは通称「みじめな穴倉」と呼ばれた学生寮に住んでいた。同級生が彼を「大金持ち」と言ったのは、なるほどとうなずける。

窮屈な故郷の町をはなれ新しい空気を吸って、ゲーテはのびのびした。漠然と新しい希望に胸がふくらんでいたからである。だが、講義は最初の数か月はまじめにきいたが、たちまちつまらなくなり、さっぱり法律は学ばず、彼自身告白しているようにもっぱら「生活」を学んだのである。

文学的才能にめぐまれていたゲーテはつい法律の勉強に身の入らぬところもあったが、だいたい彼の自伝にも述べられてあるように、魅力ある教授や講義にとぼしかったのである。ゲーテもなにしろまだ未熟な少年だったから、いいことばかりではなく、彼についてはずいぶん辛辣《しんらつ》な評判も伝えられている。

ゲーテがライプツィヒへ着ていった洋服は英国製の上等な生地だったが、父親の倹約主義から召使に裁断させた田舎くさい流行おくれのものだった。都会の空気になじんだ少年ゲーテはさっそくこの泥くさい洋服をすてて、パリ流行のロココ型にきりかえた。見るからに派手な最新型である。彼の半年あとからライプツィヒ大学へやってきた友人ホルンは、郷里の友へそのゲーテについて次のように報じている。

「人間がこうも早く変わりうるものか、全く理解にくるしむ。すべての彼の行い、すべての彼の現在の振舞は、以前のそれとは雲泥の差だ……君がもし彼を目の前に見たならば、癇癪玉《かんしゃくだま》を破裂させるか、それとも思わず吹きだすかにちがいない……あいつはてんぐの上におしゃれと来ている。なるほど立派な服装はしているが、それが馬鹿げたしろもので、全学中誰知らぬ者はいないというありさまだ。」

この言葉のなかには嫉妬や反感に似たものが全くないとは言いきれないが、そのころのゲーテの一面をよく描いていると言えよう。

ライプツィヒ時代は一七六五年一〇月から六八年八月までのほぼ三年にわたっているが、この間にゲーテが学びえたものは結局人間的な成長であった。彼が夢想したような学究的、詩人的成果はあがらなかった。得意な陽気と悔恨《かいこん》と孤独のくりかえしのような生活ではあったが、ながい生涯かららみればかぎりない人間的な発展への予感にひたる意義はじゅうぶんにあったであろう。市長の外孫だったので、郷里では天才児童として甘やかされてきた彼が、大都会ライプツィヒでは全くかえりみられない存在にすぎないのを痛感させられたことは、彼の人生行路のために貴重な出発点となった。

ケートヒェンとの恋愛と失意の帰郷　ライプツィヒ時代ゲーテはケートヒェン＝シェーンコプフに恋をした。この女性は彼が昼の食事をするレストランの娘であった。二、三歳彼よりも年長であった。ゲーテは自伝のなかで彼女について、

「この少女についてわたしの言いうることは、彼女が若く、美しく、元気よく、愛嬌があり、また感じのよい娘で……」

と述べている。

彼女との愛においてゲーテは初めて真剣な恋を体験した。グレートヒェンにたいする感情は、言わば少年の異性にたいするあわいあこがれのつのったものと言えるであろう。しかし、ケートヒェンとの交わりにおいて、彼は初めて恋の歓喜と苦汁を知ったのである。烈しい熱情、嫉妬の苦悩、

自嘲の空しさが身にしみた。恋愛は結局不幸に終わった。ゲーテの嫉妬が彼女をくるしめ、彼から遠ざける結果となってしまったからである。ゲーテは後年正直に回想している。

「根拠のないつまらない嫉妬のために、わたしは自分と彼女のもっとも幸福な日々をだいなしにしてしまった。彼女はしばらくのあいだ驚くほどの忍耐でそれにたえていたが、わたしはその忍耐を極度に追いつめるほどざんこくであった。」

三年の学窓生活はけっして無駄ではなかった。にもかかわらず、それは父の期待を裏切る結果となった。学業を終えることもなく病気になって故郷へ帰ったからである。ライプツィヒ時代の病気についてはたしかな病症記録がない。ヒステリーから梅毒にいたるまでさまざまな臆測がなされてきた。ゲーテ自身は、「或る晩わたしは烈しい吐血で眼をさました……そして数日間生死の境をさまよった。それにつづく回復のよろこびも、吐血のとき頸の左側にできた腫物のためにだいなしになってしまった。」と記している。その上彼には失恋の苦しみがあった。期待と希望にみちて家を出た彼は、敗残者のように尾羽打ちからしてもどってきたのである。

彼が輝かしい学士の称号を得て郷里に錦をかざることを期待していた父は、甚だ失望した。厳格な父は息子のこのありさまを不快な念で眺めた。ゲーテにはそれが苦痛の種であった。明るくてやさしい母親は、父親と息子のあいだにはさまって苦労した。故郷に帰ってふたたびシュトラースブルクに遊学するまでの一年半は、言わば詩人にとって、沈潜《ちんせん》のときであった。

クレッテンベルク

内界に向けられた彼の眼は故郷におけるもっとも大きな特徴であった。この傾向は母の女友達フォン＝クレッテンベルク嬢を知ることによっていっそう深められた。彼女はヘルンフート派にぞくする信仰厚い婦人であった。形式に堕した既成宗教に反抗して信仰を生命ある魂の救済に復元しようとするのが、この派の主張であった。一九歳の病身の青年は四六歳の母の女友達から大きな影響をうけた。ゲーテの代表的な小説『ヴィルヘルム・マイスターの修業時代』の第六章「美しい魂の告白」は、彼女の手紙や談話から成り立っている。

　このころ偶然手に入れたアルノルトの『教会と異端の歴史』は、ゲーテに深い感銘を与えた。これまで気狂いだ、冒瀆《ぼうとく》者だときかされてきた多くの異端者について、彼は正しい概念を持つようになった。いろいろな説を熱心に学んだあげく、各々は結局自分自身の宗教を持つのがいちばん自然であるという確信を持つようになった。この考えは、終生ゲーテからはなれなかった。

　彼が自然科学に興味をおぼえ自宅で実験に凝ったのも、このころであった。ゲーテは終生、物理・化学・動植物学・鉱物学などに大きな興味を持っていたが、それは科学的に自然を理解しようとする彼の一面を示している。その萌芽がすでにこの時期に働いていたのである。彼の人間像の基本は、こうして病気静養時代におのずから培われていた。

シュトラースブルク大学時代

健康が回復すると、新たな遊学の地としてゲーテはシュトラースブルクを選んだ。父のすすめに従ったのである。父はフランス文化に心酔していたので、息子をフランス領であったシュトラースブルク大学に学ばせようと考えた。フランス的教養を身につけさせ、しかるのち郷里の指導的人物に仕立てようというのが父親の筋書きであった。

フランクフルトを立って三日目、一七七〇年四月二日ゲーテはシュトラースブルクに到着した。彼はここに一年四か月をすごし、大学の業を終えた。短い期間ではあったが、学業にはげみ、友とめぐり逢い、恋をし、人間としてゆたかな体験をつんで、詩人的視野をいちじるしく拡大した。かつ、この時代につくられた抒情詩は画期的な意味を持っている。彼にとってもドイツ文学にとっても、シュトラースブルク時代は忘れがたい記念碑となった。

「ツムーガイスト」(精霊館)という旅館に馬車をすてると、ゲーテはすぐその足で家並みのなかにひときわ聳えている大伽藍《がらん》を訪ね、急いでその堂宇にのぼった。そしてしばらくのあいだ居住の機会が与えられた町の姿や周囲の自然をあかず眺めた。彼はそのときの感想を自伝のなかにしるしている。「こんなに美しい居住地をしばらくのあいだわたしに与えてくれた運命を祝福するわが感激を、誰がいったい理解してくれるであろう」と。眼の前にかぎりなくひろがるアルザスの自然を見ながら、彼は未来にたいする予感に心のざわめきを感じた。

彼がシュトラースブルクに落ちついて最初に感銘をうけた出来事は、一七七〇年五月マリー＝アントワネットがルイ一六世に嫁ぐため、ヴィーンからパリへ向かう途上シュトラースブルクを通過したことである。この出来事はフランス革命と結びついて彼の脳裡からながく消え去ることがなかった。後年ゲーテは「この若い貴婦人の、美しく気だかい、はれやかでおごそかな容姿を今でもはっきり想いだせる」としるしたが、彼女の悲惨な最後と比べて、これはまことに対照的な歴史的事実であった。

シュトラースブルク時代のゲーテの体験は、三つに大別される。友人たちとの交わり、ヘルダーとのめぐり逢い、フリーデリーケとの恋愛。この三つの体験がこの時期の詩人的飛躍の基盤をなしている。

友人関係と言っても、特定の友人から特殊な影響をうけたわけではない。平生食事を共にしていた学友たちから、青年として多くのものを学んだのである。彼が一つの傾向に固まることなく広く吸収したのは、いつもながらそのゆたかな人間性による。学友の数は最初一〇名くらいだったが、最後には二〇名くらいにふくらんだ。敬神家たちともはじめはなじんだが、その見解の狭さにたえられなくなって、次第に遠ざかるようになった。

ゲーテに会った当時の
ヘルダー

ヘルダーの影響

彼が詩人として大きな飛躍ができたのはヘルダーのおかげである。ヘルダーはゲーテよりわずか五歳の年長者でしかなかったが、当時すでに文壇の雄であった。三〇年戦争のため荒廃したドイツ文化は、百年の歳月を経てようやく復興のきざしを見せていた。ひたすらフランス文学の真似に明けくれていたドイツ文学にも、クロプシュトック、ヴィーラント、レッシング、ヴィンケルマン等の天才の出現によって固有の文学が芽ばえてきた。ヘルダーはこの転換期にあらわれた偉大な指導的思想家であった。

ゲーテはこの地でヘルダーを知るようになり、日夜往来してきわめて重大な影響をうけた。ヘルダーはドイツ文学におけるシュトルム－ウント－ドゥラング（疾風怒濤）時代の先駆者である。模倣と法則の束縛から文学を自由感情の世界へ解放することを強調した。文芸上の諸現象を、国土、気候、神話、思想、生活方法等の広い大圏のなかにおいて把握すべきことを教えた。彼は当時の文壇を支配していたオーピッツ的な文学観と真っ向から対立した。創作的高揚は神のめぐんだ自然であり、個性の赴くままに情感を赤裸々に解放することこそ真の文学であるという彼の所論は、青年ゲーテに深い感銘を与えた。

聖書を文学的作品として高く評価したのもヘルダーであった。ゲーテは幼少のころから聖書を愛読したが、ヘルダーによって新たな見方を教わったのである。ホメロスやシェークスピアの真価を伝え、イギリスの現代文学に注意を喚起したのも彼であった。ヘルダーはフォルクスリート（民謡）という言葉を初めてつくった人であるが、民衆のなかにある素朴な自然の姿を評価すべきと主張した。ゲーテはヘルダーから文芸の世界の広さと深さを学ぶと同時に、当時の文壇の弊風であった形式ばかりを大切にするアナクレオン派のロココ的風潮から脱脚するきっかけをも、与えてもらった。

フリーデリーケと新しい詩

ゲーテはヘルダーによって言わば学問的開眼を得たが、この時期につくった彼の抒情詩がドイツ詩史に黎明を告げる役割を果したのは、フリーデリーケとの恋愛の賜物であった。彼女はシュトラースブルクの北東約三〇キロ、ゼーゼンハイムという村の牧師の娘であった。ゲーテは友人に誘われて一七七〇年の一〇月友人の遠縁にあたるこの田舎牧師の家を訪れたとき、彼女を知ったのである。交通機関の発達していなかった当時、近郊へ馬で出かけ親戚や知人を訪れることは、学生たちにとって現代のドライヴのような楽しみであった。

フリーデリーケはほとんど時代おくれとなったお国ぶりの服装をしていた。百姓娘と都会娘との中間の、その素朴な美しさがゲーテの心をつよく捉えた。「かわいらしい頭のふさふさとした金髪に比べて頸があまりにもきゃしゃに見えた。あかるい青い眼をしてはっきりとあたりを見まわした。また、お行儀のよい、小さなまるい鼻は、この世に何のくったくもないかのように、のびのび

フリーデリーケとゲーテの描いたフリーデリーケの家

と大気を嗅いでいた」と、詩人は初対面の印象をしるしている。

二人の関係は翌一七七一年の春にいたって絶頂に達した。すばらしい詩が生まれたのはこのころである。にもかかわらず、二人の恋は悲劇に終わった。理由はいかがあれ、非はゲーテにあった。面と向かって訣別を告げることのできなかった彼は、八月卒業後郷里へ帰ってから書面でそれを伝えた。自伝のなかで彼は当時を次のように回想している。

「手紙で告げた訣別にたいするフリーデリーケの返事は、わたしの心を寸断した……何よりも堪えられなかったのは、わたし自身の不幸の責を自分でゆるし得なかったことである。グレートヒェンは人に奪われたのであり、アネッテ（ケートヒェンのこと）はわたしを棄てたのであるが、こんどは初めて罪はわたしにあった。」

ゲーテはフリーデリーケに三〇通以上の手紙を書いた

と推定されているが、今日残っているのはわずか一通にすぎない。他はすべてフリーデリーケの妹の手で破棄された。それらの手紙にそえて彼女にささげられた詩のいくつかは、ドイツ抒情詩に新紀元を画した。形式ばかりが先行していたアナクレオン派の詩風を打破して、美しく、たくましく真情を吐露したのである。二人の交渉が高潮に達したのは一七七一年五、六月のころである。当時のこよなき記念として「五月の歌」が残されている。

めざむるばかり
自然のかがやき
太陽《ひ》のきらめき
野辺にほほえみ
…………
あわれ　おとめごよ
われ　きみを愛す
かがやけるきみが瞳《ひとみ》よ
きみ　われを愛す
…………

…………
とこしえに　幸《さち》はあれ
愛のごとくに

この詩はおのずから藤村の『若菜集』のリズムを想いださせる。『若菜集』の恋の歌にはゲーテのそれのような強烈な個性のないのが物足りないが、形にしばられた旧弊を脱して新しい生命に蕩《とう》揺《よう》している点では、全く軌を一にしていると言って差支えない。その意味では、『藤村詩集』の序の冒頭に詩人みずから「遂に新しき詩歌の時は来りぬ」と言った言葉は、ゼーゼンハイムのゲーテの詩にもそのままあてはまると言ってよいであろう。

作家として、大臣として

弁護士ゲーテ

一七七一年八月中旬、ゲーテは業を終えて郷里へ帰った。息子にやっとまともな経歴の見込みができたのを、父親はよろこんだ。だが、市の公職につけなかったので、ゲーテはさっそく弁護士業の申請をする。

法律事務所がひらかれ、書記が一人傭われた。友人や知人が若い弁護士のため、二、三の仕事をまわしてくれた。しかしまもなくゲーテは弁護士業に興味を失い、仕事をやめてしまった。名ばかりの弁護士だったとは言え、それでも彼の取り扱った件数は二八にのぼったという。息子の行末を案じた父親は、翌年五月、つてを求めてドイツ帝国最高裁判所へ息子を送り込む。法律の素養を一からやり直させるつもりであった。

ゲーテが故郷に腰を落ちつけていたのは一年にもみたなかったが、表向き弁護士ではあっても、彼はおのずから作家への道を歩いていた。メルクという友を知り、彼をとおして「フランクフルト学報」のライターとなる。こうして彼の作家としての経歴はジャーナリストから始められた。詩人としてはすでに一個の天才ではあったが、世間の人はまだほとんど誰も知らない。

このころ、ゲーテはよく放浪した。作家以前の藤村のあの放浪とよく似たところがあった。友人たちから「放浪者」という綽名《あだな》さえ頂戴した。天才的な醗酵《はっこう》の力にゆすられて、風雨にもめげずに歩き回ったのである。彼は自伝のなかに当時の心境を書きのこしている。

「以前よりいっそうわたしは開かれた世界と自由な自然へ向けられていた。歩きながら奇妙な讃歌や熱狂的な頌歌《しょうか》を口ずさんだのだが、そのなかから『さすらいびとの嵐の歌』だけが一つ今でも残っている。こういう半ば無意味な詩を、ただわけもなく激しく口ばしっていた。途中恐しい嵐に出逢い、それをついて進まねばならなかったからだ。」

ゲーニウスよ　おまえが見捨てぬかぎりは
雨でも　嵐でも
心の上に　ふりしぶくことはできない
ゲーニウスよ　おまえが見捨てぬかぎりは
雨が降っても
雹《ひょう》が降っても
ひばりのように
歌いつづけるだろう

おまえ　在天のゲーニウスよ

ゲーニウスは心のなかの精霊。それはまた在天の霊でもある。これは「さすらいびとの嵐の歌」の最初の章句である。ゲーテはこの詩を半ば無意味なものと呼んでいるが、シュトゥルムーウントードゥラング時代のゲーテ像をもっとも端的に示している点において、また、もっともゲーテ的な詩であると言える。

処女作『ゲッツ』とヴェッラール行き　この年の一一月から一二月にかけての六週間のあいだに、ゲーテは処女作となった戯曲『ゲッツ』の初稿を書きあげた。ゲッツという騎士はルターとほぼ同時代の人であった。彼の成人したころはドイツの国情が落ちつかず、群雄割拠の状態で、豪族間の私闘のたえまがなかった。ちょうど日本の戦国時代に似たところがあった。下級貴族であったゲッツは鎌倉時代の御家人のようなもので、紛争の起きるたびに手兵を率いていずれかの陣営に馳せ参じたのである。ゲッツは正直で竹を割ったような性格だったから、手くだを弄する諸侯や騎士たちに煙たがられ、たえずあしざまに言われ憎まれていた。

ゲーテは法律的な古文書を調べているとき、はからずもゲッツの自伝にめぐり逢った。彼のゲッツにたいする興味が作品となったのは、妹コルネーリアの熱心なすすめによったのである。彼の作品は主人公をクローズ-アップするために架空の人物を配し、事件も自由に構成されている。ゲッツ自身も騎士気質を挽回するために自滅を招く悲壮な運命を辿っている。この作品は三年半後に改作され、一七七三年六月に出版され、非常に好評を得た。

ゲーテ自身は作家への準備をつみ重ねていたのであるが、父親の眼には肝心な法律の仕事に身の入らぬ困った息子と映ったにちがいない。彼は法律修業のため一七七二年五月下旬、最高裁判所のあったヴェツラールへ送られた。彼にとっては、窮屈なフランクフルトを脱出できるなら、どんなチャンスでも大歓迎であった。ヴェツラールへつくとさっそく司補の名簿に登録した。だが、これが、最高裁判所における彼の活動についての唯一の記録である。

ヴェツラールはフランクフルトの北五〇キロにある小さな町であった。町というより村であった。せまい通りのあちらこちらに牛馬の落とす糞の山が見られた。住民は市民と言っても小農たちである。ゲーテは細い路地のせせこましい塀にとり囲まれた暗い家の二階に、やっと下宿を見つけた。当時の最高裁は乱脈をきわめていて、一万数千件にのぼる訴訟事件が棚ざらしにされたままであった。実質上からも父の目的にかなうようなところではなかった。ゲーテもここで法律を一からやり直そうなどという殊勝《しゅしょう》な心がけはなかった。やかましくてがんこな父の目のひかっていないところでホメロスやピンダルをゆっくり読みたい気持ちが、何よりも先に働いていた。

町自身はつまらない退屈なところだったが、郊外の風景はすばらしかった。その自然がゲーテに

ロッテとその家

大きな慰めとなった。彼は間もなくドイツの諸邦から派遣されてきている有為な青年たちと知り合ったが、とりわけイェルーザレムとケストナーとは深い縁を持つようになった。

ロッテとの恋

六月九日の夜ヴェツラール郊外の村で舞踏会があった。ゲーテも友人に誘われて出かけ、そこでシャルロッテ＝ブッフという女性とめぐり逢った。ゲーテは一目見るなり彼女が好きになった。「理知的でありながら素朴で、しっかりとしているが親切であった。」胸のなかにみたすことのできない大きな空虚を持っていたゲーテの前にあらわれたのが、このロッテである。彼は飢えた者のようにロッテに迫っていった。ほとんど毎日のようにブッフ家を訪れた。彼は間もなくロッテがケストナーと婚約の間柄であることを知ったが、彼女への思慕は日毎につのるばかりであった。

ロッテの父親は日本の明治・大正時代の郡長のような職掌柄の人であった。先年妻を亡くしたが、子供が一〇人以上もいた。ロッテは二番目の娘だったが、家事をとりしきり、弟妹の世話を一手に引きうけていた。その家庭的なあり方がゲーテにはたまらない魅力だった。子供好きな彼に子供たちも馴れ親しんだ。

ゲーテの激情はとどまるところを知らなかった。「太陽も月も星も静かにそのいとなみをなすがよい。僕は日も夜もわからない。全世界は僕の周囲から消えてゆく」というような、日がつづいた。「朝な朝な重苦しい夢から目ざめるとき、僕は彼女を求めて空しく腕をさしのべる」と、彼は嘆いた。「愛《うつく》しと念《おも》ふ吾妹を夢《いめ》に見て起《お》きて探るに無きがさぶしさ」という遠い万葉人の恋の嘆きを、ゲーテもそのまま、朝な朝な体験したのである。

この恋がみにくい破局を見ずにすんだのは、ケストナーの紳士的で寛大な態度に負うところが大きかった。ロッテとてもこの天才詩人の情熱にひかれなかったとはけっして言えないであろうが、婚約者を信じ、よくその誘惑に打ちかった。だが、このような関係がいつまでも平穏につづく筈がない。ゲーテはやがてヴェツラールを去らねばならぬ、と決心する。九月一一日、誰にも告げることなく彼は立ち去った。途中コブレンツに閨秀《けいしゅう》作家フォン＝ラ＝ロッシュ夫人を訪ね、一九日にフランクフルトに辿りついた。

故郷に帰ってもロッテが忘れられるわけがない。「水のない荒野を僕はさまよう」と、ゲーテはその心境を書きしるした。若山牧水は失恋のさみしさを、「幾山河越えさり行かば寂しさのはてなむ国ぞ今日も旅ゆく」と歌った。恋人を失ったたえがたい気持ちは両詩人に共通していると言えよう。ロッテの結婚が近づくにつれて、ゲーテの懊悩《おうのう》はいっそう烈しくなった。自殺という考えが彼の脳裡をかすめたのは、おそらくこのころであったのであろう。「短剣をいつもベッドの傍において、灯火を消すまえに、その鋭い切先を二、三インチ胸に突っ込むことができるかどうか試してみた」と、自伝に述べているほどである。しかしゲーテ自身がこの危機を克服することができたのは、やはり彼のなかにたくましい生命力が宿っていたからである。

ゲーテがヴェツラールを去ってから約五〇日後に、彼地で知り合った友人イェルーザレムが自殺した。原因は人妻にたいする失恋であった。ゲーテにとっては他人事ではなかった。その知らせをうけると彼の脳裡に『若きヴェルター（ウェルテル）の悩み』の構想がひらめいた。彼は自伝のなかに次のようにしるしている。「とつぜんわたしはイェルーザレムの死の知らせをうけた。そして一般の風説をきいたあとで、すぐもっとも正確なくわしい事件の説明を知ることができた。その瞬間『ヴェルター』の構想が生まれた。」だが、それが作品として結実するには一年半の歳月を必要とした。

一七七二年九月フランクフルトへ帰ってから一七七五年一一月ヴァイマルへ赴くまでの三年あまりを、ゲーテは故郷ですごした。失恋の苦悩も、それを作品化する過程において次第に克服することができた。そしてそれがきっかけとなって、彼の精神活動は旺盛となり独創的な天才ぶりを発揮した。新たな友を知り、若い天才たちと交わり、新しい恋を得て、また逃亡をくりかえした。ゲーテの生涯でもっともあわただしい時期であったが、もっともゆたかな創造期でもあった。この三年間のうちでゲーテに大きな意味のあった三つの出来事を、時間的な順序に従って述べることにしよう。

『ゲッツ』の出版

その第一は『ゲッツ』の改作と出版である。初稿についてはすでに述べたが、これに手を加えて一七七三年七月処女出版として彼は上梓した。無名なゲーテの作品を引き受ける出版社はどこにもない。メルクのすすめで自費出版する。印刷代を先輩のメルクに持ってもらい、ゲーテは紙代を負担した。運送も、包装も、清算も、宣伝も、二人の手でなされた。友人たちのところに荷をあずかってもらうだけでも、二人は、さんざん苦労した。『ゲッツ』の出版はゲーテの名を一躍ドイツ文壇にとどろかせたが、彼の手元に残ったのは借金だけであった。この自費出版は藤村の『破戒』を想いださせる。藤村は生活費も出版費も恩借して『破戒』に賭けた。明治三九（一九〇六）年三月下旬一五〇〇部の初版ができあがったとき、小酒井五一郎（初代研究社社長）が荷車をひき、藤村があとを押しながら小売店に配送した。最後に二人は西大久保の島崎家に辿りついた。「いや、あの日ご馳走になった天井の味は忘れませんね」と語った小酒井さんの言葉が、今も私の耳になつかしく残っている。ゲーテは『ゲッツ』で世に知られたが、藤村も『破戒』で小説家としての名をなした。

『若きヴェルターの悩み』の反響　ゲーテの名は戯曲『ゲッツ』によって全ドイツに知られたが、『若きヴェルターの悩み』によってたちまち世界中に知られるようになった。ロッテにたいする失恋を主要なモティーフとして描いた小説が、有名な『若きヴェルターの悩み』である。作品は一七七四年の二月の初めから四週間で一気に書きあげられたが、それまでには、やはり、「ながいあいだの、ひそかないろいろの準備」が必要であった。

小説は第一部と第二部に分かれており、全体が二〇〇ページあまりの中篇小説である。主要な部分は、主人公ヴェルターが友人ヴィルヘルムに手紙を書くという形で、筋が運ばれてゆく。いわゆる書簡体小説である。ゲーテがこの形式を選んだのは、ルソーの『新エロイーズ』の影響による。第一部の描写は、ヴェツラールにおけるゲーテ自身の体験が中心となっている。第二部では、イェルーザレムの自殺への心理的経過が、作者の主観的心理とからみ合って展開してゆく。ゲーテ自身は自殺を思いとどまったが、小説では主人公に自殺をさせている。自殺の場面やその前後の様子は、イェルーザレムの自殺の実話によって描かれている。ピストル借用の手紙などは、イェルーザレムの手紙そのままを借用している。

小説が刊行されたのは一七七四年の九月末であった。ひとたび『ヴェルター』が世にあらわれるや、たちまち一大センセーションをまき起こした。それは作品のすぐれていた点にもあるが、素材自体がジャーナリスティックな興味をひいていたことも争えない事実であった。『ヴェルター』はひとりドイツばかりでなく、フランス、イギリス、イタリアにも、つまり当時の世界の主要な諸国においても非常な評判となった。感傷主義が全欧を風靡《ふうび》していたころであったので彼の作品はあらゆる意味において時代色を完全にとらえていたのである。世をあげて『ヴェルター』時代が現出するにいたった。

ヴェルターの服装は、青いエンビ服と、黄色いチョッキと、黄色いズボンだった。この服装で彼は自殺をとげた。モデルのイェルーザレム自身がじっさいこういう服装をしていたのである。今から考えればチンドン屋かピエロ以外には着そうにもない服装も、当時はイギリス風の颯爽《さつそう》たるインテリ好みであった。『ヴェルター』が世に出ると、青年たちのあいだに青い上衣、黄色いチョッキとズボンがはやり出し、ヴェルター流の話法を用いることが流行した。また、ヴェルターの真似をして自殺する青年が多かったが、その側《かたわら》には必ず小説『ヴェルター』が見出された。

全く途方もない反響であった。多くの若者たちは『ヴェルター』に感激して、ゲーテを半ば神のように崇拝した。娘たちは自分もロッテでありたいとねがい、若い妻たちは味もそっけもない亭主たちにあきあきして、ヴェルターのような恋人の出現をひそかに期待した。離婚が目立ってふえた。モデルの詮索も熱心に行われた。それが見つかると、なりふりかまわずその人の生活のなかに入りこんでいく。現代の週刊誌も顔まけである。不幸な自殺をとげたモデルのイェルーザレムの墓は、一転して巡礼の地となった。だが、この流行病のようなヴェルター熱にたいしてきびしい反感を示す年輩者たちがあったことも、きわめて自然な成り行きと言わねばならない。聖職者たちが批判的であったことはもちろんであるが、当時の文壇の巨星レッシングもその一人であったのは、興味深い。彼は高貴な青年が失恋のために自殺するというモティーフ自体に賛成できなかった。そしてこのような感傷的な人間像を生みだしたキリスト教文化を、批判したのである。ローマやギリシアの世界にはこのような青年像は存在しなかった、と彼は主張した。

賛否のいずれを問わず『ヴェルター』は世の話題の中心となった。それも一年や二年ではなく、その後何十年にもわたってドイツ国内はもちろんのこと、フランス、イギリス、イタリア、スカンジナヴィア諸国においてもそうであった。それどころか、『ヴェルター』が出版されて五年目の一七七九年ころには、ヴェルターとロッテを描いたガラス絵が遠い中国からドイツに渡来したことが伝えられている。ゲーテ自身も一七九〇年の早春につくった『エピグラメ』(短い諷刺詩)のなかで、このことを歌っている。ナポレオンが『ヴェルター』の愛読者であったことは有名である。彼は『ヴェルター』を七回も読み、エジプト遠征にはそれをポケットにしのばせて出かけた、とみずから語っている。(一三七ページ参照)。

『ヴェルター』の魅力

『ヴェルター』が初めて上梓されてから二〇〇年以上たった現在においても、この小説は世界的に広く読まれている。日本においても明治以来数十種類の翻訳が刊行され、それぞれに多くの読者を得た。ドイツのある学者は聖書についでたくさん読まれた本は『ヴェルター』である、と言っている。だが、たくさん読まれるということと、読者がじゅうぶん原作を理解していることとは、おのずから別の問題である。昔から多数の読者にとって『ヴェルター』は一つの市民的恋愛悲劇にすぎなかった。今日の多くの読者についても、そう言えるかも知れない。とは言っても、二〇〇年以上もつづいている『ヴェルター』の魅力は、ただそれだけで説明できるものであろうか。

恋愛小説と言えば、世界のどの国にも箒《ほうき》で掃きすてるほどたくさんある。それだけに、恋愛小説としてながく生き残るためには、特別な魅力がなければならない。『ヴェルター』のこの魅力とは、いったい何であろうか。話の筋が格別おもしろく出来ているわけでもなく、緊張するような場面が描かれているわけでもない。だとすれば、『ヴェルター』があきられずにながい間多くの人に読まれるのは、なぜであろうか。一口に言うならば、それは魂の状態の純粋な告白であるからである。たとえ多くの読者に『ヴェルター』が単なる失恋悲劇小説として映ったとしても、そこに読者が一種のすがすがしさを感ずるのは、恋愛の原始体験とも言うべき素朴な告白に人間的共感をおぼえるからである。心ある人ならば、『ヴェルター』の言葉を読んで、万葉の読人知らずの恋歌の素朴な情感の多くに、想いを寄せるであろう。『ヴェルター』の滅びぬ永遠の秘密は、ここにあるものと思う。

『ヴェルター』の出版された当時は、ドイツの地位はいたって低かった。したがって、ドイツ語、ドイツ文学というものも、ヨーロッパではほとんど認められていなかった。フランス語はさながら第二母国語のように通用し、プロイセンのフリードリッヒ大王の宮廷では、日常の通用語はドイツ語ではなくてじつにフランス語であった。一七世紀には詩作などもフランス語でなされたものが多く、知識階級の人たちのあいだではラテン語を用いることがはやっていた。フランス語やラテン語が教養語として広く通用していたから、ドイツ語で書かれたものなどあまりかえりみられなかった。ドイツ人自身がドイツ語を馬鹿にしていたのである。漢文を尊重し和文を蔑視していた昔の日本の姿を、想いださせるものがある。ドイツ国内がその有様だったから、ヴォルテールらの有名な百科辞典の言葉の章のもとにも、諸国語の文学的特色については詳説してあっても、ドイツ語については全く記述されていなかった。一八世紀に入ってから、クロプシュトック、レッシング、ヴィーラントらが輩出して、ドイツ文学やドイツ語の高揚に大いに貢献したけれども、ヨーロッパにおけるこの大勢はどうすることもできなかった。ところが、ゲーテの『若きヴェルターの悩み』がひとたびあらわれると、たちまちヨーロッパ中の耳目を聳動《しょうどう》し、直ちに諸国語に翻訳された。こうして初めてドイツ文学やドイツ語が広く世界的に脚光をあびるようになった。「ペンは剣よりもっよい」という諺があるが、まことに真実であると言わねばならない。ナポレオンは武力でヨーロッパを征服したが、まもなく歴史の舞台から消え去っていった。だが、ゲーテの小さな小説は、今でも全世界に広く迎えられている。

リリーとの婚約

『ゲッツ』と『ヴェルター』でゲーテはすっかり有名になった。世間の人びとの眼もこの青年に興味深くそそがれた。名ばかりの枢密顧問官だった父親は、フランクフルトの富豪階級とは交際しなかった。世襲貴族や銀行家たちは、ゲーテの祖父が仕立屋で、葡萄酒の取引で金をもうけたことを忘れてはいない。だが、息子のゲーテは父親とはちがって、いたって気軽に振舞っている。一人の友人に誘われてシェーネマン家を訪れる。同家は一流の銀行家で、フランクフルト屈指の金持ちである。貴族出身の未亡人が一家をきりまわしている。

同家にリリーと呼ぶ一六歳の金髪の娘がいた。ゲーテはこの美しい少女につよく惹かれ、彼女と親しくなった。やがてシェーネマン家の友人女実業家デルフ嬢の仲立ちによって、一七七五年四月下旬、二人はついに婚約をかわした。彼らは一月初めに知り合ったばかりである。

リリー

しかし、この婚約も実を結ばなかった。両家の複雑な事情と詩人自身の屈折した心理とがからみ合い、後髪をひかれる思いをしながらも、ゲーテはけっきょく結婚に踏みきれなかった。両家ともこの結婚を心から歓迎しているとは、けっして言えなかった。ゲーテの父は息子の嫁に着飾った貴婦人を望まなかった。第一に家の造りからして、そのような娘を受け入れられる構造ではなかった。リリーはゲーテの妹の好みにも合わなかった。彼女は、リリーとは絶対に結婚しないで、と兄に哀願した。シェーネマン家でもリリーの二人の兄が、結婚にあくまでも反対であった。その上両家は宗派がちがっていたので共通の知人がなく、それがいっそう両家の意志の疎通の妨げとなった。シェーネマン夫人だけはゲーテに好意を持っていたが、息子たちの反対で、この若い弁護士が果たして役立つ結婚相手かどうか、と考えがぐらつく。経済問題で頭がいっぱいになっている彼女にとって、作家などは所詮名誉だけで、全く金に縁のない存在であった。

両家の目に見えないストラグルもデルフ嬢のつよい説得で一応影をひそめた。婚約ができたのは、そのためであった。だが、婚約後まもなくゲーテは旅に出た。ドイツ各地からスイスへ行ったのである。四〇日にあまる旅であった。窮屈な婚約の世界から、そしてリリーの束縛から逃れようとしたのである。次の詩句は青年作家の複雑な心境を物語っている。

断つことのできない

魔法の細い糸で
有無を言わさず
ぼくをしばったのだ
あの　いとしい　気ままな少女《おとめ》は
その魔法の環に捉えられて
少女《おとめ》の心のままに生きねばならない
ああ　なんという大きな変りざまだ
恋よ　恋よ　ぼくを解きはなしてくれ

シェーネマン家の暮しは豪奢で、客をもてなすにも大がかりの賭博場をひらいたり、音楽会や舞踏会を催したりする。出入りする人たちも取引先の商人が主である。その社交的な雰囲気に引きずり込まれるのが、ゲーテにはたえがたい。彼が心に描いている世界とはあまりにもかけはなれている。そこから脱出した筈であったが、さて、旅に出てみるとリリーの恋しさが身にしみる。

愛するリリーよ　もしぼくがきみを愛していないなら
この眺望《ながめ》は　どんなにかぼくに歓喜《よろこび》をあたえてくれるだろう

だが　リリーよ　もしぼくがきみを愛していないなら
ここにも　かしこにも　どこにも　ぼくの幸福などありえないだろう

ゲーテはチューリッヒからリヒターヴァイルにつくと、友人の案内でその背後の山にのぼった。そしてチューリッヒ湖の風景を心に刻みこんだ。「そのときわたしがどんな気持ちに打たれたか、次の短い一詩がはっきり示している」、とゲーテは自伝のなかで述べている。それが、この詩であった。

が、けっきょく、婚約は解消された。初秋のころすべては終わった。にもかかわらずゲーテは「つぶらなる玉となれ　双児の葡萄の房よ」と、ひそかに願わざるを得なかった。

シェーネマン家はその後まもなく破産した。帳簿を偽造した長兄は自殺した。リリーは破産直前良縁を得て結婚した。フランス革命のとき、彼女が百姓女に変装し、末の子を背負い、子供たちの手を引いて危険を脱したことは、よく知られている。彼女は良き母であり、配慮のゆきとどいた妻であった。ゲーテの晩年リリーの孫娘がヴァイマルへ彼を訪ねてきたことがあった。彼は昔を想いだしソレーという家庭教育掛に次のように語った。

「わたしが彼女を愛したことを、わたしは全世界に向って言うことができるでしょう……彼女こそわたしが心の底から愛した最初の女性であり、おそらく最後の女性だったでしょう……わたししたちは相愛の仲でした。克服できないような障害は何一つなかったのです。それなのに、わたしは彼女と結婚できませんでした。」（一八三〇年三月五日）

そのときはもうゲーテは八〇歳を越え、二人の恋は半世紀をすぎる遠い昔のことであった。リリーが亡くなって（一八一七年没）からも十数年が流れ去っていた。にもかかわらず、語るゲーテの言葉のなかには、昨日のような新しさと、相手にたいする深い敬虔の念があふれている。

ゲーテの決断

一転してゲーテの世界はヴァイマルに移る。一七七五年一一月早朝、ゲーテはヴァイマルに到着した。かりそめの旅と初めは本人も思っていたのに、そのままヴァイマルに住みついてふたたび故郷へ帰らなかった。なぜ、彼はヴァイマルへいくようになったのであろうか。

当時のドイツは小国が分立していた。表向きは神聖ローマ帝国の皇帝がドイツを支配することになっていたが、それはあくまでも名目上のことであって、事実は多数の小国群がそれぞれ独立していた。何らかの意味で宮廷と称するものは五〇あまりもあった。王家の代表者は二、三百もあったという。だからドイツと言ってもそれを指す単一実体はなく、それらのゆるやかな連合体に与えられた漠然とした名称にすぎなかった。イギリスやフランスが統一的近代国家をつくっていたのに、ドイツはそれができなかった。いろいろな点で当時のドイツが後進国だったのは、このことがもっ

その当時のゲーテ

とも大きな原因であった。

この群小国家はおのおのそれなりの繁栄を望んでいた。そこに有能な人物を掘りだそうとする競争が行われた。言わば新人のスカウトである。乏しい小さな領土をかかえ、それを幾分なりともゆたかにすることが、領主たちの緊急課題であった。忠実な従者たちや考えの古くて狭い譜代の家臣たちは、どの宮廷にもいた。だが、そういう人たちでは新しい時代をつくることはできない。例えばプロイセンのような大きな宮廷でも例外ではなかった。そこにはフランス人、スコットランド人、イタリア人、プロイセン以外の国々から来たドイツ人たちがひしめいていた。優秀な頭脳、立派な容姿、快活な性格が要求された。今や世界的名声を得た法学士ゲーテは、若い啓蒙君主たちが競って目をつける新人王であった。

ヴァイマルの一八歳の若い君主カール＝アウグスト公は、ゲーテに会ってすっかり惹きつけられる。しゃべり方が見事で、独創的で、飾り気がない。敏捷《びんしょう》で陽気で、しかも真面目で礼儀正しい。若い君主は理想に燃えている。このようなすばらしい人物をぜひ自分の宮廷に迎えたいと思う。彼はヴァイマルへの招聘《しょうへい》をくりかえす。ゲーテは行くことを約束する。きっかけは、こういうことだった。

ドイツの代表的作家の一人となったとはいっても、ゲーテはそれで生活がゆたかにできるだけの収入を得たわけではない。今日の日本の作家のように恵まれてはいない。それどころか、白耕出版の金の調達でメルクその他の人びとから借金さえしている始末だった。創作力旺盛な彼も、全く収入のあてにならない詩や、小説や戯曲の断片を、せっせと書きためていたにすぎない。芸術家が宮廷や貴族のもとで生活の資を得ることは、当時ではむしろ常識的なことであった。

しかしヴァイマル行きも、最初からスムーズに運んだわけではない。迎えの馬車が約束どおりに来なかったからである。もともと宮廷関係の知人たちに信頼をおいていなかった父親は、そんな約束などあてになるものではない、今こそイタリア旅行を断行すべきときだ、と息子を説得する。彼も、べつにヴァイマルへ行かなければ自分の将来がひらけないなどとは、夢にも思っていない。また、先方に義理が立たないとも考えていない。むしろ、内心昂揚したたかぶりを感じながら、父のすすめに従う。こうして、北方へ行く筈の彼が南方へ出かけたのである。

最初の滞在地はハイデルベルクである。そこでは、リリーとのあいだをとりもってくれた女実業家デルフ嬢の家に泊めてもらう。あたりの自然の新鮮な印象に圧倒され、つくづく穴倉のような環境から抜け出てきた自分の幸せを痛感する。そこへ、ヴァイマルの執事から飛脚使が追いかけてくる。右か、左か、ゲーテはすぐ返事をしなければならない。デルフ嬢は、南方へ行くべきだとしきりにすすめる。御者は催促の角笛を鳴らす。ゲーテはとっさに決意して、フランクフルトにとって、かえし、ヴァイマルに向かうことにした。彼の生涯の運命を決定した最大の転換が、このような気まぐれな混乱のなかで行われたのである。人間の運命は一寸先きが闇である。もしこのとき彼が南方への道を選んでいたならば、果たしてどのようなゲーテが生まれたであろうか。後年彼はしばしばこの転機を回想し、それがデーモン（魔神）の導きであったことを述懐している。

ヴァイマル公国の事情

当時のヴァイマルの人口は六〇〇〇、まるで都会の体裁をなしていない。村である。みすぼらしい家屋が立ちならび、きたない路上に荷馬車がとおり、豚や鶏がかけ回っている。ほとんど町の三分の一をしめていた城は、二年前に焼けて無残な廃墟のままである。若いアウグスト公夫妻も、母のアンナ＝アマーリア太后も、きわめて粗末な建物に住んでいる。だが、ヴァイマルにはろくな大工がいない。建築技師は一人もいなかった。当分城の再建などは、めども立たない。

ヴァイマル公国の面積は一九〇〇平方キロメートル、埼玉県の半分よりも小さい。全く、ちっぽけな国である。年間の費用は六〇〇〇〇ターレルと見積もられていたが、この程度の年収をあげている地主は、イギリスやフランスにはざらにいた。国自身が貧しかったから、貴族も貧しく、官吏も貧しかった。貴族はよその国で地位を得ようとし、官吏もみなアルバイトで暮しを支えている兼業官吏だった。たとえゲーテが有為な人物であったにせよ、万事につけて経験に乏しい若者を、これほどまでに貧しい小国が招くとは、いったいどのような成算があったのであろうか。また、内心ひそかに自負の念に燃えていた青年作家をそのまま惹きつけて永住させた魅力は、この小国のどこにあったのであろうか。こういう肝要な点を明らかにするためには、ヴァイマル公国の事情を簡単に説明しておく必要がある。

ゲーテを招いたアウグスト公は、領主の位についたばかりで、かつ、結婚直後であった。父はすでに一七年前に死去して、その後は母が摂政として国をあずかってきた。即ちアンナ＝アマーリア太后である。彼女はブラウンシュヴァイク公国の娘で、有名なプロイセンのフリードリッヒ大王の姪であった。

彼女は幼少から多幸ではなかった。彼女の代わりに世つぎの男子を所望していた両親は、その失望をかくさなかった。おまけに小柄で容姿がすぐれなかったので、両親からも、家庭教師からも疎《うと》んじられ、悲しい気持ちで成長した。結婚した相手も、狩猟好きの粗野な人間で、その上胸をわずらったひょろひょろした青年だったが、統治の位について二年後には死んでしまった。彼女の手もとに残されたものは、幼少の二人の息子と、四方から圧迫されて不安定な領地にすぎなかった。

彼女の半生はある意味で苦難の連続であった。だが、彼女は、人間らしさ、女らしさ、王侯らしさのゆたかに調和した人格の所有者であった。その摂政時代に国政は堅実となり、国益は進展した。儀礼のやかましい宮廷のなかに育ちながら、彼女は自由闊達な考えを持っていた。イタリア、フランス風の空気になじみ、生涯フランス語で手紙を書いたが、ドイツ文学を心から保護した。当代のすぐれた作家ヴィーラントを息子の教育係に招聘したのも、彼女であった。それも臣下まかせではなく、みずからヴィーラントの小説『黄金鏡』を読み、その君主教育や憲法の意見に共鳴して彼女自身選択したのである。

彼女は誠実な努力を重ねて難局をきりぬけてはきたが、国の財政はあわれな状態にあった。にもかかわらず、若い領主がゲーテを迎えようとする熱意に燃えていたのは、母ゆずりの精神に基づいていると言わねばなるまい。アウグスト公は進歩的な青年の一人であった。彼は王侯であることより人間であることを望んだ。感覚的にはルソーやゲーテの弟子であった。外見や式礼をにくみ、自然のままに振舞うことを好んだ。馬で山野をかけめぐり、夜はキャンプですごすのが好きであった。彼が『ゲッツ』や『ヴェルター』を読んで共鳴したのも、そのなかにあふれている自然、自由、四海同胞の思想に、深く感動したからである。彼は宮廷においてとくに詩人を必要としたわけでもなく、またゲーテに政治的手腕を期待したわけでもあるまい。彼が求めたのは、伝統や儀礼で身動きのできない沈滞した宮廷生活に自由な新風を吹き込んでくれる人物であった。彼は若かったが、人を見る目を持っていた。そして彼の前に名のりでた無数の若者の中からゲーテを選びだし、生涯の友としたのである。

アウグスト公はなにしろまだ一八歳の若者だから、わずらわしい階級的差別などにこだわらず全く自由奔放に行動した。ゲーテは尊敬する兄貴分だった。二人はストームに興ずる旧制高校生さながらに、単純率直な生活を共にし、共に楽しんだ。乱暴に近い山野の狩猟、危険な障害騎馬、スケート、橇《そり》遊び、かるた、舞踏、仮装、演劇、飲酒、キャンピング、なんでもござれであった。若い夫妻の夜の安息を破ったり、女官ゲッヒハウゼン嬢の部屋の戸をひそかに壁でぬりこめたり、思う存分ないたずらもやってのけたのである。

ゲーテ旋風まきおこす

ゲーテといっしょにいると、アウグスト公にとって一日も一瞬のようにすぎ去る思いであった。この人間性をさらけ出した信頼と友情が、ゲーテを惹きつけたことは、言うまでもない。数週間、せいぜい数か月の賓客としてヴァイマルにいるつもりだったゲーテも、ただ享楽を共にしただけで去るには忍びない心のえにしを感ずるようになった。その上ヴァイマルには先輩作家ヴィーラントをはじめ、すぐれた若い人びとがおり、ことに教養ある若く美しい女性たちが多くいた。彼らとの交際が彼をヴァイマルにとどめる原因となったことは、争えない。フランクフルトでは彼の作品や思想にたいする同感者は散在しているにすぎなかったが、ここでは、質的にも量的にも故郷をゆたかに越える理解者がいた。これは、芸術家ゲーテにとってこよない誘惑であった。彼がヴァイマルへ行ったのは偶然であったかも知れないが、そこに定住したのは偶然ではなかった。

だが、どの社会にも派閥があるように、このちっぽけな居城のなかにも相反する派閥があった。

ゲーテには学生時代の無礼講が身について、はなれない。若い領主が惚れこんでいるのをいいことに、わがもの顔に振舞っている。こんな奴に宮廷を荒されてはたまるものかと内心憤る廷臣たちがいたとしても、けっして不思議ではない。若君の目にあまるご乱行も、もとはと言えばあの新参者の仕業である。そう思っている宮廷の要人も少なくない。僧侶たちも悪口を言い始める。若殿も、その取りまきのゲーテも、さっぱり教会に顔を出さないからである。ゲーテには友もあったが、敵もあった。そして、敵のほうがずっと優勢であった。

宮廷には進歩派と保守派の対立があった。進歩派の旗頭は若い公爵で、それを支持する若干の若手の官僚たちがあった。保守派の頭目は総理大臣のフリッチュで、それに同調するきまじめな多くの廷臣たちがいた。ゲーテは、結果から見れば、この進歩派強化の一員として迎えられたことになる。

一見平和なヴァイマル宮廷にも、ゲーテの出現によって突如旋風が巻きおこった。よかれあしかれ、混乱をひきおこした張本人はゲーテである。その途方もない所業についての噂は四方八方へとぶ。文壇の大御所クロプシュトックも、ヴァイマルからの報告をきいて激怒した。あらゆるものを越えて気高くあるべき詩人の理想が汚されている、と考えたからである。彼は介入を決意する。友好的な調子を失わないように注意しながら、ゲーテへ手紙を書く。このような様子では公爵の長寿もおぼつかない、公妃もやがて怨みを抑えることができなくなるであろう。心配が現実となることを案じている、というような内容であった。彼は手紙を公爵にも見せてほしいと頼んでいる。しかし、ゲーテはふた月も返事をしない。やがて、拒否の返事を書く。あれほどまでに尊敬していた文壇の大先輩にたいしても、ゆずらなかった。しかも彼の生涯のうち、例のないほど強い拒絶であった。二人の友情は決定的に決裂する。

今やヴァイマルはゲーテにとって、自分の運命をためそうとする舞台となった。それがどのような運命を辿るものか、もちろん彼自身にもわからない。だが、自分がどんなに望んでも何もすることができない家庭での無為な生活に比べれば、はるかに生き甲斐のあるゆたかな世界である。とにかく、ひどい非難や誤解をうけながらも、彼はヴァイマルを去ろうとはしなかった。そして、やがて、宮廷の政治的事件のなかにもすっぽり巻きこまれ、そこから再び逃れられないようになる。

ある意味では宮廷全体がゲーテに敵意を持っているように思われたときさえあったが、幸運なことに若い公爵自身が宮廷に敵対していた。彼には宮廷が退屈でたまらなかったのである。また、ヴィーラントがゲーテの長所を認めてくれたのは、力づよい味方であった。ゲーテは善良で、愛すべきあたたかい人間であると、彼はつねに強調した。ジャーナリズムの発達していなかった当時は、手紙や口頭でくりかえし述べること自身が、何よりの宣伝力を持っていた。

若い公爵はゲーテを永久にヴァイマルにとどめさせようと望んでいる。そして、ゲーテを高い位につけようと決心する。枢密顧問官四人から構成されている最高評議会員の一人に任命しようとする。平たい言葉で言えば大臣の一人である。だが、総理大臣フォン＝フリッチュがあくまで反対する。彼は清簾《せいれん》の士で、長年摂政時代の太后を助けてきた功臣である。顧問官たちにもつよい影響力を持っている。彼は新しい君主の人事に抵抗した。枢密会議にゲーテと同席できない理由を付して、ついに辞表を提出する。宮廷の危機となる。アウグスト公は誠意をつくして慰留する。だが、総理は頑として応じない。しまいに、アマーリア太后がなかへ入る事態となった。

大臣としての仕事

フォン＝フリッチュは太后の信任が厚かった。言わば、彼女の長年にわたる忠誠な臣下である。彼も彼女を深く信頼している。ところが、ゲーテにたいする二人の評価のあいだには大きなひらきがあった。彼女はまだ三六歳であった。「まだ」というのは現代から言う言葉で、当時ではすでに初老と考えられる。しかし、この濶達な太后はすぐゲーテが気に入った。息子と同じように、彼女も人間ゲーテに深い共感を持った。彼女は片田舎の宮廷生活の退屈さを身にしみて感じている。退屈を感じないのは、事務を愛する謹直な官吏たちにすぎない。「死ぬほど退屈していない者は一〇人のうち一人もいないであろう」、と書き残している若い書記官もあった。この退屈を追い払うために太后は小さな社交の集いを持った。そこへ、若くて生気あふれる青年ゲーテが現れたのである。運命的なめぐりあいと言わねばならない。

太后はフォン＝フリッチュに説いた。たとえ息子のやり方に早まったところがあったにせよ、あなたの方から息子を捨てるという法はない。ゲーテについていろいろ取り沙汰されているが、彼はけっして悪人ではない。野心家でもなければ、おべっかつかいでもない。また、善良なキリスト者で道義感もしっかりしている。もしそうでなければ、わたしがまっさきに反対したでしょう。彼女はもっぱら女性らしく古い家臣の忠誠心に訴える。閣僚や要人たちも彼の留任を懇願する。総理はようやくその職にとどまった。やっと騒ぎがおさまった。ゲーテがヴァイマルへ来て半年あまり、新しい内閣が公示される。彼は閣僚の一人となる。こうしてヴァイマルとの結びつき、アウグスト公との厚い友情は、彼の生涯にとって運命的な力を持つようになった。

大臣になったといっても、ゲーテの生活はきわめて質素であった。公爵に拝領した小さなあずまやの一室の固い木の寝台の上に、わらぶとんを敷いて寝ていた。小使のフィリップ＝ザイデルといっしょの部屋である。そのあずまやも屋根が半分くさっていて、改修しなければどうにもならない。ほかに町のなかに、二、三室の安い屋根裏部屋を借りていて、宮廷に出仕するときはそちらを使っていた。彼の私生活のあり方は書生のそれのように素朴であった。

とかく過去は美しく語られる。平和で牧歌的なヴァイマルが想像されがちであるが、現実はきびしかった。民の暮しは貧しかった。そこへ火事がひんぱんに起こり、洪水も年中行事のようにくりかえす。それなのに税金の取りたては過酷である。だから、災害をうけた村々の陳情や差し押えにたいする苦情があとをたたない。宮廷の家臣でも強制執行の警告をうけずに税金を納入できたのは、六分の一程度であったという。これが、ゲーテの政治家としてぶつかった現実であった。

まだ学生気分のとれなかったゲーテも、職務の重大性をかみしめていた。狩猟好きな公爵にも諫《かん》言《げん》を惜しまぬ臣下となった。大臣といっても専門の受け持ちが確立していたわけではないから、けっきょく最高権力者の個人的顧問であったゲーテが、しまいには何もかも引き受けるかたちとなった。財政、軍事、農業から、道路、鉱山の経営まで。いや、それどころか、火災がおきればこの大臣殿は馬にとび乗り、現場へかけつける。組織的な消防隊のなかったころとて、よく村が丸焼けになった。ゲーテは真夜中に家に帰ることもあった。つかれる仕事ではあったが、それだけにまた、やり甲斐もあった。

政治家としてのゲーテの仕事を語るのが本書の目的ではないから先を急がねばならぬが、健全財政のためにつくした苦心についてはその一例として触れておきたい。政治の根幹は経済にある。国が貧しいのだから、支出もそれに見合ったものでなければならない。ゲーテはその原則に力をそそいだ。いちばんやりにくい所から手をつけたのだ。従来大福帳式なやり方だった宮廷の費用をまず良識的におさえ、国家予算編成の確立を進言した。ついで軍隊の縮小を断行した。軍隊といってもちっぽけな国だったから、歩兵が五三二名、砲兵八名、騎兵三〇名の小さな所帯にすぎない。しかし、ゲーテは歩兵を二九三名に減らし、砲兵を全廃した。騎兵は駅馬車の御者としても必要だったので、縮小できなかった。彼は公爵に予算案の厳守を要求し、もし願いがいれられぬならば辞職する、ときびしい言葉で迫った。このような荒療治は古手の能吏にはとても出来ぬ相談であった。彼の処置は慢性的な財政難を建て直す大きな力となった。

ゲーテはイタリア旅行に出るまでの一〇年間、公国の仕事に文字どおり首までつかっていた。しかも、たえず困難な現実にぶつかりつづけた。出る釘は打たれる。彼はその上古い官僚や貴族たちからもつねに憎しみをうけた。本来詩人であり作家であった彼がこのように多くの時間と労力とを失ったのは、遺憾なことだったかも知れない。事実友人メルクなどは、つまらぬことは他人にまかせておけ、きみのやることはほかにある、と忠告した。だが、必ずしもそうとだけは言いきれない。矛盾だらけの現実を解決するために奮闘した生活は、彼の人間形成の上に大きな力となった。『ファウスト』が雄大なスケールを持ちえたのも、この体験が寄与している、と私は考えている。また、この小世界に住んで彼は分に安んずることを身をもって学んだ。これは、ゲーテの人生観の根幹の一つである「諦念」（あきらめ）に深く通うものではあるまいか。

フォン＝シュタイン夫人　このヴァイマル時代、ゲーテにとって一つの大きな記念碑となったのは、フォン＝シュタイン夫人との恋愛であった。ヴァイマル到着後まもなく彼

フォン＝シュタイン夫人

は夫人を知り、彼女に惹かれるようになった。

彼女の夫は主馬寮《しゅめりょう》の長官フォン＝シュタイン男爵であった。彼は資産家で、風貌も堂々としていた。馬匹の飼養調習、車馬装具の管守にあたる役柄であった。ヴァイマル一の乗馬の名手で、時には曲馬も演じた。夫人は小柄で、美しいとは言えなかったが、繊細な、神経質な表情をし、黒い髪と大きな黒い瞳を持っていた。七人の子供を生んだが、三人の男の子だけが生き残っていた。ゲーテと知り合ったとき、彼女は三三歳、彼よりも七歳年上であった。病気がちな婦人で、血色はよくなかった。冷静な人柄で、過去に情熱的な体験があったようには考えられない。彼女は宮廷の女官であった。もっとも洗練された礼儀作法を身につけていた。いつも白い服を着て優雅に振舞っていた。

野性味のまだ全くとれない自然児のような天才青年が、なぜこのような女性を恋したのであろうか。中産階級出身のがむしゃらな彼は、たまたまその人間形成の途上においてフォン＝シュタイン夫人にめぐり逢ったのである。彼は自分に欠けているものにつよいあこがれを感じた。彼女の飾らぬ優雅さのなかにある、ゆたかに洗練されたもの、高貴で美しいものに、慕いよる烈しい気持ちを抑えることができなかった。一七七六年四月、彼は彼女に詩をささげている。

ああ　おまえは　遠い昔
わたしの　妹か　妻だった

おまえはわたしの本質のあらゆる特性を知り
もっとも純な神経のひびきをうかがい
人の目では見きわめがたい
わたしを　一目で見ぬいてしまった

あつい血潮に抑制をしたたらせ
はげしい　踏み迷った歩みを正した
そして　お前の天使の腕に
破れた胸は　ふたたび憩うた

この詩句は夫人にたいするゲーテの恋の本質をよく描いている。宮廷には夫人よりも若くて美しい女性はたくさんいた。だが、ゲーテの内界に深く触れうる人は、夫人をおいて他になかった。彼女の存在は、ゲーテが自己の人間形成に必要としたものと一致したのである。これが、二人の恋愛の秘密であった。彼女は単なる女性的存在として愛されたのではなく、その特殊な性格のゆえに愛された人であった。

ゲーテは恋をとおして中庸と節度とを彼女から学んだ。学生あがりの不羈奔放《ふきほんぽう》な若者が、その熱い血潮のなかへ抑制の雫《しずく》をそそがれたのである。この恋には中世の騎士が貴夫人によせた愛《ミンネ》にも似たものがあった。ゲーテは彼女に一七〇〇通もの手紙を書いた。じっさい、ゲーテは情熱的な求愛をした。だが、行きつくところまで行くことを彼は決して望んでいなかった。

もしゲーテが『ヴェルター』時代に夫人にめぐり逢ったとしても、彼が仰ぎ見たほどの意義を彼女は持ちえなかったであろうし、イタリア旅行後のゲーテにとっても、夫人の存在がもはや以前のような重要性を持ちえなかったことは明らかである。そこに、二人の結びつきに時間的な運命が働いていた。

二人の恋は一〇年つづいた。フォン＝シュタイン夫人は三三歳から四三歳になった。当時女性は四〇歳になれば孫をそだてる時代であった。ゲーテは二六歳から三六歳になった。壮年を迎えたのである。一〇年に及ぶ恋が、たとえ彼女が冷静で堅固な性格であったにしても、公式的な解釈だけですむものかどうか。彼女がゲーテによせた手紙は一通も残っていない。すべて彼女が焼きすててしまったからである。二人のあいだにどのような精神的な結びつきがあったにせよ、その終末期には悲劇的な色合があったにちがいない。彼女の遺言のなかには、自分の遺体はどのような道を通ろうとも、けっしてゲーテの家の前を通ってはならぬ、としるされてあった。

フォン＝シュタイン夫人との恋愛の一〇年間と大臣として働いた一〇年間とは、時期的に並行していた。ゲーテはその二つのことからひどく苦しめられた。しかし、それを克服したとき、全く新しいゲーテが生まれたのである。

空白の一〇年

ゲーテは本来詩人であり、作家であった。その意味から見れば、この一〇年間は空白的な期間であったと言える。出版社も同時代の詩人たちも彼に見切りをつけてしまった。古い作品や、二、三の詩が再版されたにすぎない。一躍世界的な名声を得た作家が、突然一〇年も沈黙するというのも例のないことである。しかも、病気をしたわけでもなく、災害にめぐり逢ったわけでもない。自分から求めた空白の期間であった。

作家的には空白に見える歳月ではあったが、そのあいだにも彼の内界は静かに変貌しつつあった。そのもっとも顕著な例は抒情詩にあらわれている。静寂を求める嗟嘆《さたん》、不安と憧憬と深い幸福感にみちあふれた恋の歌、神秘な自然の姿を歌った詩など、彼の生涯における秀歌のいくつかは、この時代に生まれている。スピノーザに傾倒して自然に宿る神性をたたえ、それが彼の人生観の基礎をかたちづくったのも、この期間である。野放図な青年作家は、人間の究極的な興味である神や宗教の問題について深い関心を持つようになった。それと同時に芸術においても感情先行のシュトウルムーウントードゥラングから、形式を重んずる古典主義へつよく惹かれるようになった。

一人の人間にとって一〇年の歳月はけっして短い期間ではない。政治の世界にあけくれるゲーテを案じた友の意を伝え、帰郷をうながした母に、「彼らはわたしが犠牲にするものばかり見て、わたしが得るものを見ないのです。毎日多くのものを与えることによって、わたしが毎日ゆたかになってゆくのを理解できないのです。」（一七八一年八月一一日）と答えたゲーテではあったが、一〇年の後には作家的衝動がむやみに頭をもたげ、政治も恋もわずらわしく息ぐるしい存在となった。彼に残された一つの道は、現実からの逃避、孤独の世界への逃亡であった。こうして、彼はある日こっそり、イタリアへ旅立ったのである。

Ⅲ　孤独の世界で

イタリア旅行とフランス革命

あこがれのイタリアへ　一七八六年九月三日の朝三時、カールスバートをあとに、ゲーテの乗った急行馬車は一路南へ向かって走った。公爵には無期限の休暇を願いでた。彼の旅については、恋人フォン＝シュタイン夫人にも告げなかった。旅先のアドレスを知っていたのは、一〇年間起居を共にした召使のフィリップ＝ザイデルただ一人であった。

ゲーテは小説『ヴィルヘルム・マイスターの修業時代』のなかで、ミニヨンをして彼女の故郷イタリアへのあこがれを次のように歌わしめた。

きみよ知るや　レモンの花咲く国を
ほの暗き葉蔭には黄金《こがね》色《いろ》の柑子《こうじ》かがやき
そよ風は　青き空より流れいで
天人花《ミルトス》はしずかに　月桂樹《ローレル》はたかく立てり
きみよ知るや　そを

いざや　かなたへ
いざともにゆかん　ああ　いとしのきみよ

この詩はゲーテが三三歳ころ作られた。国事に奔走している最中であった。ミニョンの詩は今でも広く愛誦されているが、そのもっとも重要な理由は、この詩句のなかに昔からのドイツ人の南へのあこがれがいみじくも歌いだされているからである。寒く暗い灰色の空の下に長い冬をじっと耐えしのぶドイツ人にとっては、レモンの花咲く里は「幸い」の住む国でなければならぬ。ゲーテ自身イタリアへの憧憬をもはや抑えることができなくなった。今や官職をすて、自由の身となって、ついにブレンネル峠を越えたのである。

明るいイタリアからドイツの空をふりかえってみると、それは夜と昼との区別さえはっきりしない薄暗い世界のように思われた。ヴェロナにつくと彼はイタリア人の服装に着かえ、イタリア語を話し、イタリア人の身ぶりまで真似て、北欧の野暮な旅人と思われないようにしようとした。イタリア人としてイタリア人の仲間入りがしたかったのである。それほど、ゲーテはイタリアを愛していた。ヴェネチアでは、生まれてはじめて海を見た。そのはてしない広がりと波動の律動に、かぎりない感銘をうけた。海の壮大な美しさにひたっていると、おのずから人間がゆたかになってゆくように感じられた。はじめてゴンドラが目の前を通りすぎたとき、昔父が見せてくれたその舟の模型をなつかしく想いだした。

一〇月二九日、ついにあこがれのローマに入った。その夜、彼は日記にこうしるした。

「ここへわたしをつれて来てくれた天に心から感謝したのち、第二の言葉はあなたに向けられねばならない。」

それは、恋人フォン＝シュタイン夫人に送る筈の日記であった。イタリアに旅することのできた運命を、まず神に感謝している。

ローマに四か月滞在。翌一七八七年二月末ナポリへ。一か月逗留《とうりゅう》。三月末、シシリー島へ渡る。一か月半、島を旅する。五月一四日ナポリにひきかえし、六月六日再びローマに帰る。ここに約一か年滞在。一七八八年四月二三日ローマを出立、帰国の途につく。六月一八日夜一〇時ヴァイマルに帰着。足かけ三年、二年弱の旅であった。


イタリアで得たもの　この旅によってゲーテはいったい何を得たのであろうか。五月一七日帰国途上の旅先から彼はアウグスト公へ書をよせている。

「この一年半の孤独のなかで、わたしはわたし自身を再発見しました。しかし、何としての？——芸術家としての！」

イタリア旅行によってゲーテは生まれ変わった。ふんだんに自由な空気を吸って、芸術家としての自分をとりもどしたのである。

ゲーテはローマでは質素な下宿の一室に暮していた。家主は老夫婦、御者をしている夫とその妻。息子は臨時に小使の役目をしてくれる。部屋にはこれという家具はなく、真中に粗末な寝台がある。荷物のトランクは片隅によせておく。「フィリッポ＝ミラー、ドイツ人、画家、三二歳」というのが、司祭が扱う住民名簿にとどけたゲーテの身分である。事実彼はローマ滞在中一〇〇〇枚にものぼるスケッチを画いた。こうして彼は匿名の静かな学生生活を始めたのである。

彼の関心は古代ローマに向けられていた。法王治下のキリスト教ローマ、したがって近代や中世のローマにはすこぶる冷淡であった。「自然にかえれ」という時代精神の理想を南欧の天地のなかに発見しようとした。早朝は自作にとりくみ、それから外出して偉大な芸術作品を見るのを日課とした。イタリア旅行の体験は後に『イタリア紀行』として上梓されたが、それはゲーテを崇拝していた多くの芸術家や一般読者たちを失望させた。ジョットーも、ラファエロも無視され、フィレンツェについてもろくな記述がない。システィナの礼拝堂では、筆者は居眠りさえしている。やたらに古代だけが高い調子で語られているにすぎない。これは、時代おくれではないか。そう思ったのである。だが、ゲーテは、芸術家としての自分の姿をこの旅のなかで探りあてようとしていた。

宮廷の生活は、たてまえだけが支配している。人間の本音は表面にあらわれない。ひたすらうやうやしく振舞う役人たち。式典や儀礼にあけくれる世界。社交場裡の紳士淑女のかげにひそむ偽善。ゲーテは北方の薄暗い窮屈な小世界にもはやおさまり切れなくなっていた。彼にとってイタリア旅行は新しい誕生を意味していた。

「わたしはふたたび回復して人生の快楽を味わい、歴史、詩文、古代のものを楽しむことができるようになった。」(一七八七年一月七日)

という彼の言葉は、この旅行の持つ意義を的確に表現している。

当時のローマは貧しい都市であった。人口一六万。四〇万もあったナポリの半分もない。ローマ皇帝時代の城壁に囲まれた地域の三分の一くらいが人家にみたされていたにすぎない。他の部分は半ば朽ちかけた別荘が散在する庭園であった。住民たちは大半が農民であった。羊の群が古代の廃墟の上で草をはんでいた。果樹を栽培する農民たちもいた。他は商人であった。商人といっても、みなちっぽけな小売商人で、彼らは陋屋《ろうおく》に住み、店などは持っておらず、品物を街頭に並べてあきないをした。身分の高い人たちの邸宅は、それ自身閉鎖的な特別区域をかたちづくっていた。

市民の生活が貧しいだけに、お祭りとなると馬鹿騒ぎをする。大通りを真夜中まで群集がねり歩き、マンドリンやギターを弾いたり、しゃべったり、歌ったりする。商取引や美術談議も街頭で行われる。半裸の子供たちが路上を駆けめぐり、母親たちは赤んぼに乳をふくませる。大工仕事も街頭でやる。物を焼いたり焙ったりする煙や匂いが立ちこめる。ゲーテはこういう環境のなかで生活していた。彼の下宿は大通りに面し、ロンダニーニ宮殿の近くにあった。

ゲーテは孤独で、かつ、自由であった。そこでどのように生活し、放浪し、愛しても、ヴァイマルの人びとの物見高い視線からは完全に解放されていた。たてまえの生活から人間の生活にかえることができた。イタリア旅行は彼を生まれながらの光輝ある官能人に復帰せしめた。彼は自然のなかに芸術があり、芸術のなかに自然のあることを学んだ。そして自分が政治家でもなく、画家でもなく、じつに詩人に生まれついたことを深く自覚したのである。

旅の孤独は、ながいあいだ求めていた作家生活を彼のために取りもどしてくれた。彼はかねてから手がけていた作品を書きあげるために時間をさくことを忘れなかった。一七八七年一月一三日には『イフィゲーニエ』を完成、ヘルダーあてに送った。一月二〇日には彼は「『エグモント』・『タッソー』・『ファウスト』などを仕あげたいと思っている」と、その希望を述べている。九月五日には『エグモント』を完成、原稿はヘルダーあてに送られた。『タッソー』や『ファウスト』は完成されなかったが、彼は著作集出版の準備を心ひそかに急いでいた。

クリスティアーネとの出会い

ゲーテはこうして新たに芸術家に生まれ変わって、ふたたびヴァイマルの地を踏んだ。彼はもはや興味を持って実務に打ち込む政治家ではなかった。自分の才能に目ざめ、ひたすらその道を追求しようとする芸術家であった。もはや世間の義理や慣習に気がねする恋人ではなかった。しかしそのような人間を迎えたヴァイマルは、相も変わらず昔の

クリスティアーネと息子アウグスト

ままであった。彼はまもなく自分と周囲の人びとのあいだに横たわる大きな空虚を、感ぜざるをえなかった。「わたしはあらゆる共感を失った。誰もわたしの言葉を理解してくれない。」彼はそう告白している。恋人フォン＝シュタイン夫人も彼を冷淡に迎えた。南欧の太陽と風物になじんで帰った彼は、みずからを亡命者のように感じた。

　帰ってまもない七月のある日、庭園にいるこの詩人の前に一人の娘があらわれた。彼女は枢密顧問官ゲーテに兄の就職依頼の請願書を手渡した。うやうやしく膝を折って詩人の前におじぎをした彼女は、クリスティアーネ＝ヴルピウスと言った。二三歳である。当時としてはほとんど結婚適齢期をすぎていた。兄はイェーナ大学で学び書記の地位を得たが、やがてそれを失うはめとなった。彼は両親もなく何の資産もない兄弟姉妹を養っていた。困窮した彼はイタリアから帰ったばかりのゲーテ大臣に、直訴に及んだのである。そしてその使いをしたのがクリスティアーネであった。

　『ローマ哀歌』のなかに、彼女との初対面の印象をしるしたと思える詩句が残されている。

栗色の髪の乙女だった

髪の毛はふさふさと額の上にたれさがり
みじかい捲毛《まきげ》がやさしい頸の周囲にまつわり
編まれぬ髪は上の方からカールされていた

彼女の背丈はあまり高くない。全体がまるまるとして愛くるしい。ふくらんだ丸い顔。ふくよかな口元。親切で陽気な性質。とくべつ美人ではないが、自然のままで、明るく、美しい。服装は全く質素である。早くに両親を失った彼女は妹といっしょに叔母の家に引きとられ、家計を助けるために妹と町の造花工場で働いている。

ゲーテはクリスティアーネの兄の働き口をを見つけようと尽力する。そして、まもなく、妹をあずまやに引きとる。彼女は詩人の恋人となった。あずまやに出入りする彼女の姿はやがて口さがない人びとの目にもとまり、全社交界の憤激の種となった。ゲーテともあろう者が、相手もあろうにテューリンゲンなまりの荒っぽい方言をしゃべる読み書きもろくにできない女を、あずまやに引き入れるとは！　彼らはゆるしがたいショックをうけたように思った。身分制度のきびしかった当時にあっては、このような怒りは当然なこととして受けとられた。

しかし、イタリア旅行を体験したゲーテは、世間の非難にもはやひるむ人ではなかった。彼は道徳や世評にしばられない自由な愛と芸術の世界にあこがれた。明るい大空の下における自然と愛の賜物を最高の幸福と考えた。肉体の露出を極度に憎む宗教的な影響が支配していた北方の小世界では、古代ギリシア・ローマの裸像の美しさなどは想像もできなかった。旅人ゲーテは、例えば、ささやかな形式に拘泥《こうでい》しすぎる行きすぎた茶の湯の薄暗い密室からぬけだして、大自然のなかで汗を流したあと、熱湯で煎じだした番茶の味のすばらしさを経験したようなものであった。素朴で自然な官能的な愛、あふれ出る純粋な歓楽の表出、生活と自己決定の自由。詩人の想念のつばさは、その世界を天がけていた。

『ローマ哀歌』とクリスティアーネ　イタリアから帰ってまもなく、ゲーテは『ローマ哀歌』二〇章をつくった。登場人物は架空の形をとっているが、クリスティアーネにたいするゲーテの愛情がこの作品成立の前提となっている。

恋人よ　そんなに早く身をゆるしたことを　嘆いてはならない
信じておくれ　わたしはお前があつがましいとも　いやしいとも　思わない

ゲーテのふところにとび込んできたクリスティアーネにたいして、彼はじっさいこのように感じたのであろう。

恋人は　日中の幾時間かを　わたしから有無を言わさず奪いとるが
その代り　夜の時間を　うめあわせにあたえてくれる
たえず接吻するわけではなく　落ちついた話もする
彼女が睡魔におそわれると　わたしも横になってあれやこれやと考える
彼女の腕のなかで　何度も詩をつくったこともある

ゲーテは『ローマ哀歌』のなかにおいて、彼女との愛のもっとも美しい記念碑を打ちたてたのである。そこでたたえられているのは、ひかりある肉体への異教的な愛である。彼女はインテリ女性ではなかった。が、社交界の貴婦人たちが軽蔑するようなおろかな人間ではけっしてなかった。彼女は女性的存在としてゲーテにかぎりない安らぎを与えた。女性における無限の憩いと和解、彼はそれを求めていた。

クリスティアーネは言わば陰の女性であった。社交界にあらわれることもなく、正式な訪問客の前にも顔を出さなかった。夫を「顧問官様」と呼び、もっぱらかげにかくれて控えめに振舞った。無教養で素朴であったればこそ、いじわるい世間の誹謗《ひぼう》にも耐えることができたのだ。愚痴はけっしてこぼさなかった。ゲーテが二人の関係を母親に打ち明けたのは、五年もたってからだった。息子のアウグストはすでにかわいい少年となっていた。母はヴァイマルの貴婦人たちのょうに怒らなかった。彼女は鷹揚に二人の関係を認め、義理の娘に愛情をこめてやさしい手紙を書いた。そしてクリスティアーネにとって、日陰の生活は二〇年近くもつづくのである。

周囲から冷たく見られ、陰口のたえまがなかったこの恋は、ゲーテに何をもたらしたのか。貴族の娘を迎えて多くの人びとに祝福されたならば、彼は真に幸福になりえたのであろうか。彼にとってもっとも重要なことは、作家の自由であった。自由とは、作品を生むための孤独を守ることである。結婚後も彼はこの自由を守りとおした。しばしば何か月も、半年も家をあけることがあった。自分の好きなときに出かけ、好きなときにかえってきた。クリスティアーネのような妻だけが、このようなことに耐えられた。彼の文学の世界が彼女にわかっていたわけではない。だが彼女は、生まれつきの知恵によって夫の全像をとらえていた。二人は理解し合っていたのである。なるほどクリスティアーネは陰の人ではあったが、この人の存在をゲーテから取り去ったならば、彼の生涯や詩作ははるかに規模の狭いものになってしまったであろう。ゲーテの文学は崇高な理念から奔放な性愛描写にまでおよんでいる。この世ならぬ夢の社会から詐欺師や娼婦の世界にまで降ってゆく振幅を持っている。彼の文学が広くゆたかで、あらゆる領域にまで拡大されているのは、彼女との人間的体験の上にきずかれているからではないか。

芸術家に生まれ変わったゲーテは、そのあかしとして作品集八巻を世に問うた。それは一七八七年から一七九〇年まで順次に刊行された。この作品集には今まで知られていなかった『エグモント』『イフィゲーニエ』『タッソー』『ファウスト断片』や、最初の詩集なども、収録されていた。しかし、読者の反応はきわめて冷淡であった。廉価版は売れず、上製版も売れず、豪華版は完結される見込みもつかなかった。出版元の在庫品はさっぱり減らず、じつに第一次大戦前にも初版本各巻が一マルクで手に入ったほどだったという。

不評の作品集

読者にそっぽを向かれたゲーテは大きな衝撃をうけた。『ゲッツ』や『ヴェルター』で一躍世界的名声を得て神格化されていた作家が、八巻にも及ぶ著作集を世に問うて何の反響もなかったというのだから、意気消沈せざるを得なかった。

作家として立とうとすれば『ゲッツ』や『ヴェルター』のような作品をいくつか書きつづけておくのが一番よいことぐらいは、ゲーテにもわかっていたにちがいない。だが、彼はそういう常識には従わなかった。若き日の作家としての名声をさっさとすてて宮廷生活に入り、枢密顧問官や大臣になったりした。そして若い日の作風をきらって、『タッソー』や『イフィゲーニエ』のような厳格な古典的作品を書いた。かと思うと、『ローマ哀歌』においては高らかに官能性を謳歌したりした。『ゲッツ』や『ヴェルター』のイメージのはなれない当時の読者たちは、このように変転するゲーテに共感を示さなかった。

ゲーテは深い孤独を体験する。こうして、苦しい、ながくつづく陥没の時期がやってくる。それは、憎しみと軽蔑の時期でもある。彼はドイツ人たちに辛辣《しんらつ》な言葉を発するようになる。と同時に、作品は自分のために書くべきものだという確信をいっそうつよく持つようになった。ともすれば、彼の作品は未完成のまま中断されることが多かった。しかし、その遅い歩みこそは、彼が他のあらゆる偉大な作家たちを踏みこえてゆく大きな原因ともなった。彼は孤独な苦悩をとおして、人間としても作家としてもスケールが大きくなっていったのである。

フランス革命とゲーテ

ちょうどその時期に、彼はフランス革命にめぐり逢った。ドイツの青年やインテリたちはこの新しい時代の夜明けを熱狂的に迎えた。クロプシュトック、ヘルダー、シラー、フンボルトらはみな希望に胸をふくらましたし、若いヘルダーリンは「自由への讃歌」のなかで歓呼の声をあげた。また、ヘーゲルが「ジャコバン主義者」と言われたことも、よく知られている。ゲーテの親友メルクもそのころパリにいてジャコバン－クラブに入り、『バスティーユ奪取』の芝居に熱涙をながした。

ドイツのもろもろの宮廷や政府にしても、はじめから統一的に拒否の態度を打ちだしたわけではない。ルイ一四世以来、ヨーロッパの他のあらゆる群小王家を傲然《ごうぜん》と見下してきたブルボン王朝にたいする反感があったからである。むしろ内心いい見せしめだと思い、強大な王朝が苦悩するさまを気楽に眺めていたのである。殊にバーデン、バイエルンなどでは国境に「脱走者及び無宿者はこの内に入るべからず」という高札を立てたりした。これらの諸君主は当時の風潮に浴していたので、フランスの脱走貴族たちよりもかえって人民に同情を寄せていた。そして王侯の若い世代のなかには、新しい思想に共感を示す者さえあらわれた。

しかし、ドイツにおける熱病のような感動がいつまでもつづいたわけではない。国王の処刑とともにドイツ人の熱狂ぶりも大部分がさめてしまった。革命は進行する。権力闘争とテロがくりかえされ、はては恐怖政治がパリを支配する。いったい誰が真の革命家で、誰が裏切り者なのか、その判別さえわからなくなる。やがて戦争となり、それが二〇年もつづく。ナポレオンが出現し、ヨーロッパはあげて動乱に巻き込まれる。

ところで、ゲーテは、革命にたいしてどのような態度を示したのであろうか。われわれはその前にヴァイマルの実情を眺めておく必要がある。ヴァイマルには自覚した市民階級は存在していなかった。宮廷と貴族社会、彼らとかかわりなく暮している市民たち、それに少数の細民たち、生業をいとなんでいる者の大部分は宮廷のご用をつとめて生計を立てている。国全体がさながらちんまりした一家である。パリでは大衆がデモ行進などをくりひろげていたのに、ヴァイマルには世論というものが全くなかった。だいたいドイツには中心になる首都というものがなかったから、革命にたいする熱っぽい議論も地域的に散在していたにすぎない。その上ベルリンとヴィーンが反目していたから、その間にはさまれた小国群は自分の生活を守るのに精一杯だった。国民が幸福に暮せるかどうかは君主が適切な政治をするかどうかにかかっている、というのがゲーテの持論であった。だからルイ一六世のような、人は好くとも無能な王は倒されても仕方がない、王の名にふさわしい者ならばけっしてこのように無惨に葬り去られる筈はない、と考えていた。だが、過激な大衆運動にたいしても彼は全く共感を示さなかった。王や王妃をはじめ政敵や嫌疑者を片っぱしからギロチンにかける凄絶《せいぜつ》なやり方は、とうていゲーテの耐えうることではなかった。これは「少年時代から死そのものよりも無政府状態がきらいであった」というゲーテの本性に基づくものであるが、ヴァイマル宮廷に迎えられて統治にたずさわっていた者としての感情も手伝っていたにちがいない。ともあれ、革命は彼にとって荒廃した混乱で、たがいに憎しみ殺し合う反目と映った。

ゲーテはよく左翼の人びとから「偉大な俗物」という異名を頂戴した。これはフランス革命にたいする彼の保守的な反応が大きな原因となっている。彼は専制君主の大臣となって終生アウグスト公を助けた。その立場が、左翼からみれば、許容しがたい反民衆的・俗物的な妥協と映るのである。事実、そのころ彼が手がけた革命を題材とした諸作品が失敗に終わっているのは、このフランス革命にたいする精神的無理解によるものであろう。ゲーテにたいして俗物的（素町人的）という形容詞を初めて与えたのはエンゲルスやマルクスであったが、彼らはゲーテの作品をよく理解していて、その偉大な面は率直にほめたたえた。例えば、全人的開放を高らかに歌っている『ローマ哀歌』におけるゲーテ的天才を称揚していることなどは、そのよい一例である。ただ、後世の一時期、ゲーテの作品を読みもせず、その人となりも究めることなく「偉大な俗物」という言葉だけをおうむがえしにくりかえす人びとがあったが、今ではそのような風潮は見られなくなった。

フランス革命勃発以来脱走貴族がドイツ各地に入り込み、反革命の気運がオーストリア、プロイセンなどにみなぎるようになると、独仏関係は非常に緊張してきた。一七九二年七月、フランスは先手を打ってドイツ側に宣戦布告をした。国内の危機的状況を国外へ向けてそらせることが、第一次革命政府の要人たちにとって最良の解決策と思えたからである。そこでプロイセンもオーストリアとともにフランスに進入した。プロイセンの甲騎兵連隊長であったヴァイマル公も出征した。公爵のすすめで、気のすすまぬゲーテも征旅の人となった。

ゲーテは八月八日に出発した。途中、郷里に母を訪ねた。一三年ぶりの対面であった。プロイセン軍は仏領ヴェルダンに向かった。最初は戦局もすぐ片づくものとゲーテも楽観していたが、九月下旬から様相が一変した。統帥の不備、悪天候、給与の不足、病気流行等のため、ドイツ軍は退却のやむなきにいたった。さんざん苦労をなめたあげく、一二月一六日の深夜ゲーテはヴァイマルへ辿りついた。

ヴァイマルで静かな家庭生活を送ったのも束の間、彼は翌年また第二の従軍を体験せねばならなかった。それは、ゲーテがヴァイマルへ帰った一二月一六日にマインツが無抵抗でフランス軍に占領されたので、ドイツ同盟軍が反撃を決定し、ヴァイマル公も包囲軍に参加したからである。マインツは一七九三年七月二二日に落城した。ゲーテは五月一二日に出発、八月二二日に帰還した。

彼は後年、この二度の従軍体験を自伝の一部として書きしるしている。『フランス従軍記』と『マインツ攻囲』である。いずれも、淡々とした冷静な傍観者の手記という感じがする。

ゲーテとシラー

ゲーテとシラーの交友はドイツ文学史上ばかりでなく、世界の文学史のなかにおいても、たぐい稀な友情として語りつがれている。フリードリッヒ＝シラー（Friedrich Schiller 1759—1805）は多くのすぐれた戯曲を書き、国民詩人として崇敬を集めた。一九世紀前半においては、シラーのほうがむしろゲーテよりも一般のドイツ人に人気があったという。ドイツを代表するこの二人の天才詩人が同じ時期にあらわれたこと自身奇蹟的ではあるが、その二人が手をたずさえて古典主義時代を築いたことは、いっそう奇蹟的であると言わねばならない。詩人の内界は強烈な個性と孤独の世界であるから、内的な親和互助などは容易に期待できないからである。まして二人がきわ立った天才であるだけに、よけい世界にも類例を見ない友情的結合と言わざるをえない。

しかし、この二人の結びつきはけっして安易に生まれたものではない。おのずから人間的な紆余《うよ》曲折《きょくせつ》があった。その跡を辿ることは、また二人の天才の本質を究明する結果にもなる。ゲーテはシ

ゲーテを迎えるシラー（左）

ラーよりも一〇歳年長であった。シラーが作家生活に入ろうとしていたころ、ゲーテはすでに『ゲッツ』や『ヴェルター』の作家として仰ぎ見る存在であった。シラーはゲーテを尊敬し、なんとかして彼に近づきたいと念願した。

シラーは『群盗』の作家として若い人たちのあいだに喝采を博していた。それは『ヴェルター』と同じように社会の現状を烈しく批判した作品であった。ゲーテがそこから脱却してきたシュトゥルム‐ウント‐ドゥラングの世界を再び強烈に描き出している。ゲーテはその粗野と無形式をにくんだ。彼は一連の新しい作品で高貴なたましいの道をようやく切りひらいたつもりであったのに、シラーはそれを再び破壊しているように思えた。こういう作家とつき合っていては、前進どころか、後退するばかりだと内心深く警戒したのである。ゲーテは意識的にシラーをさけた。

ゲーテはシラーの作品を読むと、自分の若いころの欠点ばかり見せつけられている気がして、嫌《いや》でたまらなかった。にもかかわらず、シラーの作品は一般大衆に人気があるばかりでなく、教養ある宮廷の婦人たちのあいだでさえも異常な崇拝を巻き起した。それに引きかえて、彼が新たに到達した、より純粋な、内省的な作品は、読者からすっかりそっぽを向かれている。世の無理解にたいして彼は深い失望と怒りを感ぜざるをえなかった。その上フランス革命の勃発は、シラーの作品を彼にいっそう耐えがたいものにした。というのは、法則と秩序の蔑視、不鮮明な自由の欲求がテーマであるとゲーテが考えていた劇作『群盗』によって、シラーは一七九二年パリの市民権をもらったからである。当時シラーはイェーナ大学の私講師であったが、それでなくともすでにパリ化していたイェーナ大学がいっそう尖鋭化するのは、ヴァイマルの大臣としてのゲーテにとっては、けっして快いことではなかった。

ゲーテとシラーとは体質的にも性格的にも対蹠的であった。ゲーテは健康的で体格もがっしりととのっていた。シラーは不健康で、ひょろ長く痩せこけていた。結核病患者特有な顔立ちをしていた。生活態度も全く逆であった。シラーは昼と夜を取りちがえている。深夜の仕事。それも、いろいろな刺戟剤を用いる。コーヒーはもちろんのこと、引出しに腐ったリンゴを入れていて、その匂いをかぎながら仕事をする。彼はまた、度はずれたヘビーースモーカーでもある。ゲーテには、シラーの発散する病的な匂いが我慢できない。ゲーテはレアリスト。彼の前にはまず現実がある。彼の精神はつねに観照的に働く。シラーはイデアリスト。彼の眼前にうかぶものはまず理念である。彼は思想から出発する。二人のあいだには容易に越えがたい谷が横たわっていた。

ゲーテは計画的にシラーを近づけまいとした。この冷ややかな態度がシラーに映らぬ筈がない。ゲーテにたいする彼の敬愛の念も、時につよい反発に変わってゆく。

「この人間、このゲーテが、私の邪魔をしている。そして彼は、運命が私を冷酷にとりあつかったことを、しばしば私に思い出させる。彼の天才は彼の運命によって何とかるがると担われていることだろう。そしてこの瞬間に至るまで、どんなにか私は戦わずにはおられないことだろう。」と、彼は親しい友に心境を訴えている。ゲーテと自分とを比べる気持ちなぞ全くなかったシラーも、詩作の筆のにぶるときには、ついこのような嘆きを洩したのであろう。

二人の友情

人間にはとかく誤解はありがちである。ゲーテはシラーをただ『群盗』の作家としてのみ考えていた。そしてその後のシラーの内面的な成長については何も理解していなかった。シラーは凄惨異常なものを偏愛し過度の空想をもてあそぶ作風から、次第に現実を尊重する作風に変わりつつあった。また、政治上の思想においても大きな変貌をとげた。革命的な気概にとみ、暴君にたいする反抗をつねに作品の旗印としていた彼は、フランス革命を謳歌し、パリの市民権をえたことを誇りに感じた。だが、国王の処刑とともに彼の思想も急激に変わった。市民の政治的自由をもっとも価値ある努力目標にしていたことには変わりなかったが、そこに達するにはなおながい歳月を必要とすることを痛感した。当面の時代にたいして、彼はむしろ厳格な貴族主義者となった。市民の憲法を作るためにも、市民は卑俗な人間から脱却せねばならぬ、と彼は考えた。卑俗の人間は永遠に盲者だからである。彼の世界はゲーテの世界に近寄りつつあった。そのころシラーは『三〇年戦争史』を執筆していたが、シラーの死後十数年たってこの著書を読んだゲーテは、「このようなものを書くことのできた人としばらくの間誤解しながら生活していたことを、私は悲しく思う」と、落涙しながら友人に告白した。

両詩人の接近は内面的に熟していたので、一つの好機に恵まれたならば、その実現はおのずから可能であった。一七九四年の夏、イェーナで催された自然研究協会のある会合のかえり、偶然いっしょに会場を出た二人は今聞いたばかりの講演について言葉をかわした。シラーは、自然をあのようにばらばらに砕いて取り扱うやり方は、けっして素人の興味をひくものではない、と言った。その意見はゲーテの関心をつよくそそった。彼もそのように考えていたからである。こうして二人は、相寄るきっかけをつかんだのである。

彼らは急速に親しくなった。両詩人の対蹠《たいしょ》的なあり方は、陰陽の電極のように相補う働きをなした。ゲーテのような素朴な天才は機会がめぐむ霊感にひたって仕事をする。嵐がおさまると精神的な散漫がやってくる。スランプである。それをシラーが活気づけ、励ましてくれた。シラーの激励によって、ゲーテは小説『ヴィルヘルム・マイスターの修業時代』を完成し、叙事詩『ヘルマンとドロテア』を書き、あきらめていた『ファウスト』の筆も動き始める。一方、シラーの仕事ぶりは根本的にちがっていた。彼はあらかじめ周到に計画し、立案し、意志の力をふりしぼって詩作を実行する。哲学的な頭脳の持ち主であるから、大胆な手ぎわを駆使して芸術的法則を打ち立てる。しかし彼の仕事のゆきづまりは、やはりゲーテのあり方を学ぶことによって新たにひらけていった。傑出した個性を持つ二詩人の友情は、一面ではむしろ内界における相互の戦いでもあった。が、それは、きわめてみのりゆたかな戦いであった。二人ともそれによって最大の収穫を得た。シラーもゲーテとの友情によってはじめて主要な戯曲が書けるようになったからだ。

病弱なシラーは一八〇五年五月、四六歳にみたぬ短い生涯をとじた。ゲーテは「自分の存在の半分を失った」と言って、悲しんだ。一七九四年六月から始まった二人の往復文通は一一年のあいだに一〇〇六通におよんだ。文字どおり「三日にあげず」というほどであった。資質の全く相反した二人ではあったが、自然と芸術との本質的統一という確信において一致することができた。ゲーテはシラーの雑誌「ホーレン」や「詩神年鑑」に寄稿し、創作の点において彼と競合したばかりでなく、低俗、混乱、無性格な時流にたいして、二人は勇猛果敢に共同の筆陣をはった。こうして彼らの友情的な結合は文学史上にたぐい稀な一時期を画したのである。

シラーとの交友時代に完成された作品のうち、『ヴィルヘルム・マイスターの修業時代』と『ヘルマンとドロテア』とはゲーテの代表作であり、文学的にも大きな意味を持っている。

『ヴィルヘルム・マイスターの修業時代』　ゲーテがヴィルヘルム＝マイスターを主人公とする小説を書き始めたのは一七七七年、彼が二八歳の時であった。それから八年たった一七八五年一一月に第六巻まで書きあげ、それで第一部が完成した。第二部も六巻になる筈であったが、ながい間中断されたままとなった。この中断されたままの作品は『ヴィルヘルム・マイスターの演劇的使命』という作品であって、普通『初稿《ウル》マイスター』と呼ばれている。言わば『修業時代』の前身である。

『演劇的使命』はその題名が示しているように、主人公が苦労をなめた末に俳優となり、ドイツ国民劇場の創立者となる過程を書こうとしたものである。演劇によってドイツ国民の教養につくそうというのが、主人公の使命なのである。しかし、イタリア旅行から帰って数年後、ゲーテはこの作品をふたたび取りあげようとしたが、もはや旧稿を書きつぐことはできなくなってしまった。

というのは、その後の豊富な人生体験は、ゲーテをして演劇的小説に終始することを不可能にしたからである。彼には、若い時のように、演劇的な生活のみを陶酔的に追求しようとする情熱は消え去ってしまった。もっと実生活に即した認識や活動が彼の心を支配していた。政治活動や自然科学の研究によって著しく視野が広くなった彼は、生活に即した実践活動によって人間の幸福に寄与することこそ、真に生きる意味であると考えるようになった。そこで新しい構想のもとで『修業時代』の制作にとりかかった。既成の六巻『演劇的使命』は新作品の四巻までのあいだに圧縮され、第五巻から第八巻までが新たに書き足された。一七九六年六月に完成、時にゲーテは四八歳であった。初稿に筆をそめてからじつに二〇年の歳月がたっていた。

商家の息子ヴィルヘルムは芝居好きで、演劇に打ち込むのであるが、『修業時代』ではむしろそれ自身が主人公の一つの錯誤として描かれている。彼はその錯誤を経て全人としての生の目標に到達しようとするのである。旧稿の舞台生活の理想がここでは生活芸術の理想へと変転している。幾多の迷いと失敗を重ねながら、ついに計りがたい善に到達する人間の姿が描かれている。

多彩な人間像が主人公の周囲をとりまいているが、とりわけ薄幸な少女ミニョンと、その不幸な父親である竪琴ひきの運命は、全篇に一種不思議な深いひかりを投げている。ミニョンがうたう「きみよ知るや、レモンの花咲く国を」という詩や、竪琴ひきのうたう「涙ながらにパンをはみ、かなしき夜を床の上に、泣きあかしたる人ならで」という詩などは、多くの世の人びとに涙と感動を与えてきた。しかし、この作品は人間の複雑な生活のあとを辿っているので、一面において、けっしてまとまったわかりのよい話の運びとはなっていない。『修業時代』についてゲーテ自身次のように語ったことがある。

「何はともあれ、これはもっとも計算しにくい作品です。私自身にさえ、それを解く鍵がほとんどないありさまだ。人はみな中心点を探そうとするが、それはむずかしいし、けっしてよいことではない。私たちの眼の前を通りすぎるゆたかな多様な生活は、それ自身はっきりとした傾向がなくとも、価値あるものと考えなくてはなるまい。はっきりした傾向などというものは、結局概念のためのものではないか。だが、どうしてもそういうものが欲しいというのなら、フリードリッヒが最後に主人公に向って語る言葉を拠りどころにするがよい。『あなたは、父の驢馬《ろば》を探しに出かけて王国を見つけたキシの子サウルのような気がする。』この言葉をささえとするがよい。なぜなら、けっきょく、この作品全体が言おうとしているところは、人はあらゆる愚かさと迷いにもかかわらず、より高い手に導かれて幸福な目的に達するものであるということにほかならないのだから。」（一八二五年一月一八日、『エッカーマン対話録』）

このゲーテの言葉は小説『ヴィルヘルム・マイスターの修業時代』の本質を極めてわかり易く表現している。この作品は後世に大きな影響を与えた。古代や中世の叙事詩の描く対象は、諸民族の王や英雄や、諸民族の運命などが主体であったが、ゲーテはここに初めて叙事詩的運命からはなれて、一個人の運命を描いたのである。性格や時代思潮などが複雑にからみ合う人間の成熟のあとを辿ることによって、近代小説への扉をひらいたのである。この作品によって、ドイツのみならず、世界の小説は、全く新しい一つの段階に入ったということができる。

シラーはこの新作を書くために苦悩していたゲーテを深く理解し、たえず元気づけた。ゲーテは彼の好意に感謝すると共に、シラーの影響がなかったならば完成はおぼつかなかったであろう、と告白している。

『ヘルマンとドロテア』

シラーとの交友時代に生まれた第二の作品は叙事詩『ヘルマンとドロテア』である。『ヴィルヘルム・マイスターの修業時代』が完了すると、彼はさっそくこの作品にとりかかった。一七九六年九月に筆をおこし、翌九七年三月に完成した。制作はイェーナで行われた。この作品はヘクサーメータ（六脚韻）で書かれた九章二〇三四行から成る叙事詩である。『修業時代』が大きな長篇小説だったのに比べて、はるかに小さな作品にすぎない。にもかかわらず、この作は一つの独自な貴重な位置を占めている。

話の筋は、ライン河に近い小さな田舎町の旅館の息子が革命から逃げて来る避難民救助の仕事を手伝っているうちに、避難民のなかの一人のやさしいけなげな少女を見そめ、種々の経緯の後、ついに結婚に漕ぎつけるという顚末《てんまつ》である。ゲーテ自身、同郷人たちの避難民からさまざまな運命について聞くことができた。個々の人間の小さな運命の方が時代のスローガンよりも、身近につよく訴えてくる。無秩序、混乱、欠乏、空腹、疲労、不幸な人びとの間の争い。産婦にすばやく救いの手を差しのべる娘。人びとの和のささえとなる賢者のような老人。人類の原始状態がそこに再現されている。その中にゲーテは、もっとも素朴な美しい人間的姿を捉えたのである。

この作品はもちろんゲーテ自身の見聞から生まれたものにちがいないが、それには土台となる一つの歴史上のエピソードがあった。ザルツブルクの亡命者たちについての古い新聞記事がたまたま彼の手に入っていた。ザルツブルクの領主フィルミアン大司教は、一七三一年、自分の信仰を捨てようとしないプロテスタントを徹底的に追放した。その数はじつに二万人を越えたという。彼らは車に家財道具を積み込み、女・子供、家畜までも引きつれ、えんえん大行列をつくって全ドイツを斜めに横切り、苦難の旅の末、東プロイセンへ移っていった。ヴィルヘルム一世がそこに入植をゆるしたからである。彼らの子孫が、二〇〇年後には、もっと恐しい日に逢って、いっそう悲惨な避難民の列をつくりながら西方へ引きかえさねばならなかったことは、われわれもよく知っている。ところで、その古い新聞記事には一つのエピソードが載っていた。とある小さな田舎町の裕福な市民の息子が避難民の中の一少女に恋慕し、ついに彼女を妻に迎えたというのである。息子の両親もこの赤貧の娘との結婚を承認する。彼が結婚指輪を彼女の指にはめると、彼女はふところから二〇〇ドゥカーテンも入っている巾着《きんちゃく》を引っぱりだし、それを持参金として二人は結婚する。

このエピソードがゲーテの作品の土台となっていることは、すべての研究家が認めているとおりである。ゲーテは背景を現代に移し、生々しいフランス革命の避難民の世界に舞台をくりひろげたのである。ゲーテの叙事詩は、一七九五年の夏のある日の、六時間たらずの市井の一小事件として描かれている。作者はドイツの小さな町の生活の中から純粋に人間的なものを取りだして、見せてくれたのである。

この簡素な、牧歌的な叙事詩はゲーテのもっとも人気ある作品となった。『ヴェルター』の人気は世界的なものだったが、ドイツだけの世界にかぎって言えば、それは比較的上層部に訴えたのである。広く庶民の心に浸透した点では、むしろ、この作品の方が『ヴェルター』をはるかに凌《しの》いだと言われている。ゲーテの母が喜びにあふれて伝えて来たように、「仕立屋も、縫い子も、下女も、猫も杓子も読んで」いたのである。牧師たちは作者を祝福し、本屋たちは結婚式の一番よい贈物としてこの本をすすめたという。ゲーテは『ヴェルター』以来二十数年ぶりで、読者に歓迎された作品を書いたことになる。登場人物はみな平凡な庶民たち。無口ではあるが、情深い、しっかり者のヘルマン。純情で、けなげなドロテア。頑固できびしいが、根が善良な父親。愛情深い、やさしい母親。寛容な牧師。世話好きな薬屋。彼らはみな、人間的で、個性的で、ドイツ的である。ここに、この作品の持つ人気の秘密がある。

ナポレオン登場

フランス革命後、ヨーロッパの政情はたえず揺れ動いた。殊に一七九九年一一月ナポレオンのいわゆる「軍事独裁」が開始されると、ヨーロッパ全体が戦雲に巻き込まれるようになってしまった。一八〇四年一二月、人民投票によってナポレオンはついに皇帝の位についた。彼の即位をきいてベートーヴェンが「英雄交響曲」の楽譜にペンを投げ、「人民の主権者もやはり俗物だった」と嘆いた話は有名である。何はともあれ、ナポレオンの出現によってドイツ全土が激動するはめとなった。小さなヴァイマル公国は、この時代の波をもろにかぶることとなる。ナポレオンが失脚するまでの一〇年間、ゲーテの生活も、この英雄と無関係ではけっしてありえなかった。

ナポレオンの率いる統一フランス軍に比べると、ドイツはあわれな後進国の集団にすぎなかった。諸侯はわれ先きにとナポレオンの機嫌を奉伺し、贈賄と迎合のうちにドイツ帝国の競売が行われた。ドイツの領土はナポレオンによっていとも容易に再配分された。一八〇六年七月、西南ドイツの一六の諸侯はナポレオンの保護のもとにライン同盟を結び、帝国から脱退することを正式に宣言した。そのため八月六日にはフランツ一世みずから退位して、神聖ローマ帝国は滅び、三六八年にわたるハプスブルク家の歴史は幕をとじるにいたった。

ヴァイマル公国の危機　ヴァイマル公カール＝アウグストは即位以来プロイセンに頼りながら国政の発展をはかってきた。母がフリードリッヒ大王の姪だったから、言わばプロイセンは母の実家筋にあたっていた。一七九二年から三年にかけてはプロイセンの一士官として、彼はライン河畔にフランス兵と戦った。このたびもプロイセンと行動を共にする意図であった。一八〇五年から六年にかけての冬、ヴァイマルには二万二千を越えるプロイセン軍が駐屯していた。バイロイトを経て進軍してくるフランス軍を撃つためであった。ナポレオンからみれば、ヴァイマルはもっとも信用ならぬ憎むべき小国であった。ところで、ヴァイマルの頼みとするプロイセン軍の方は、大王の没後急速に弱体化して昔日の面影は全くない。一八〇六年一〇月一四日、ネー元帥麾下《きか》のフランス兵の進入にひとたまりもなく潰走《かいそう》し、ヴァイマルはやがて混乱の巷となろうとする。

ゲーテは偵察に来たフランスの軽騎兵将校に伴われて登城する。城はほとんどもぬけの殻、物静かな公妃だけが毅然《きぜん》として踏みとどまっている。ゲーテは家に使いを出して、「ネー将軍の宿営を引き受けることとなったから、心配しないでよろしい。元帥の護衛のうちの数名の騎兵卒のほかは、誰もうちに入れてはならない」と、告げさせる。

クリスティアーネはかいがいしく立ち働く。部屋の片づけや食事の用意をさせる。フランス兵は大部分がアルザス人であった。召使いの部屋にわらを敷いて寝させることにする。彼らはへとへとに疲れていて、食欲が全くない。坐り込むが早いか、ぐっすり寝込んでしまう。クリスティアーネは用意万端ととのえて将軍の来着を待っている。が、元帥はなかなかやって来ない。そのうちに、どんどん多くのフランス兵が町の中へなだれ込んでくる。

事態は刻々に険悪となる。まもなく掠奪が始まる。戸や窓をぶち破って侵入する。町のあちらこちらに火の手があがる。抵抗する者は手ひどいしっぺ返しを受ける。ゲーテの旧友、画家のクラウスは、それがもとで命をおとす。フォン＝シュタイン夫人の住居は、何一つ残らぬほど掠奪され、打ちこわされる。ゲーテの義兄ヴルピウスも同じ目に逢う。ゲーテは城から帰ると、さっさと二階の寝室に入る。そこへ二名のフランス兵が外から侵入してくる。酒の勢いで狼藉《ろうぜき》を働き、二階へ上がってゲーテを打ち殺すぞ、などと言っておどす。クリスティアーネはアルザスの軽騎兵の一人と力を合せて、ゲーテを救い出した。彼女は掠奪兵たちを部屋の外へ押し出して鍵をかけてしまう。すると彼らは元帥の護衛用にきめられていた部屋へ入って、そのベッドの中へもぐり込む。翌朝、宿営の検分に来た副官によって彼らはサーベルでたたき出される。やがて、ネー将軍が姿を見せ、ゲーテ家の前に歩哨が立つようになった。

こうしてゲーテの身の危険は取りのぞかれたが、ヴァイマルの運命が彼の新たな心労の種となった。ヴァイマルは文字どおり存亡の岐路に立っていた。ゲーテの諫止《かんし》にもかかわらず、アウグスト公は時機もわきまえずにプロイセン軍の指揮をとった。おまけに方面ちがいのところに出動させられ、祖国の危機にも姿を見せない。ナポレオンは彼に腹を据えかねていた。大公妃の実家、隣国ブラウンシュヴァイクは、ナポレオンの一筆で取りつぶされた。ヴァイマルの運命も風前の灯である。ナポレオンが姿を現した。不機嫌で、ぶっきら棒だった。ただ一人残っていた公妃に彼はどなりつけた。「あなたの夫はどこへ行ったのだ！」現職の大臣たちも、世継ぎの公子夫妻も、みんな逃げてしまったからである。彼女は落ちついた気品ある態度で答えた。「自分の本務を果たすべき場所におります。」ヴァイマルは二〇〇万ターレルという法外の軍税を課せられ、出兵分担兵は直ちにフランス軍に合流せよという厳命を受ける。不名誉な降伏にちがいないが、取りつぶしだけはまぬがれる。ヴァイマルの町民はあげて公妃を国の救い主とほめたたえた。

身辺の危急を体験したゲーテは、命の測りがたいことをしみじみと痛感する。彼は二〇年近くも陰の女のままにしていた一人息子の母親、クリスティアーネ＝ヴルピウスと正式に結婚する決意をかためる。彼女の勇気と気転が自分の危険を救ってくれたことを、彼は心から感謝した。自分に万一のことがあっては、彼女や子供に人間としての責めを果たすことができない。今はもはや世間の取り沙汰を恐れている時ではない。一〇月一九日、宮廷礼拝堂で、二人だけの結婚式がひそかに取り行われた。

ゲーテはフランス軍が要求する占領政策遂行の資料をととのえる仕事に忙殺された。フランス軍の占領は、一二月ヴァイマル公国がライン同盟に参加するまでつづいた。やがて、ナポレオンの全盛時代が出現する。

ナポレオンとゲーテ

一八〇八年九月二七日、ナポレオンはドイツ－ザクセンのエアフルトに入城した。ヨーロッパの二帝四王とドイツの三四君主が、ナポレオンの号令で集められた。イギリスの大陸封鎖を完全にするためである。この時アウグスト公の依頼でいやいやながら重い腰をあげて、ゲーテもエアフルトへやってきた。外国人のリストの中にゲーテの名前を発見したナポレオンは、ぜひ彼に会いたいと言いだした。一〇月二日午前一一時、二人はついに歴史的な会見をした。ナポレオンは『若きヴェルター の悩み』を七回もくりかえし読んだというほ

ナポレオン（右手前）と
会見するゲーテ

どのゲーテ―ファンだった。彼の姿を見るなり、“Voilà un homme !”（ここに人あり！）と叫んだことは、よく知られている。二人のあいだにはせまい敵味方の感情からはなれた、ゆたかな、人間的、文学的な話がかわされた。この時ゲーテは五九歳、ナポレオンは三九歳であった。

それから四年、ナポレオンは六〇万の大軍を率いてロシア討伐に出かけたが、惨敗をきっして敗走をつづけた。生きて帰った兵士はわずか三万にすぎなかったという。一八一二年一二月一五日は、雪空の寒い日であった。その夜敗将ナポレオンは、ヴァイマルを粗末な郵便馬車でとおりすぎた。この敗走途上の失意の英雄もゲーテにたいする尊敬を忘れていなかった。彼はその地のフランス公使サン＝テニヤンを送って、この異国の文豪に、心からの挨拶を送った。

ゲーテは職業的政治家ではなかったが、立場が立場だけに、時には軍事的なことにもつきあわねばならぬ義理があった。ナポレオンはドイツ人の仇敵であった。彼の侵攻によってはじめてドイツ人たちに共通の愛国心が生まれたとさえ言われている。しかし、ゲーテは、そのナポレオンを憎めなかった。それどころか、行為の天才として高く評価していた。彼のドイツに対する愛情は大きな視野から育くまれたものであった。視野の狭い愛国的激情は、彼のもっとも警戒したものであった。貧しい小国が肩をいからせて抗戦を叫んでも、どうなろう。それよりも、どうしたら国土を荒廃させずに国民の生活を守れるかということが、彼の大きな関心事だった。しかし、それがアウグスト公の感情やドイツの国民感情から彼を遠ざける結果となって、彼の気持ちを憂鬱にしたのである。

ナポレオン時代は、政治家としてのゲーテの神経をすりへらした。一八〇六年の一〇月には生命の危険さえ体験したが、一八一三年の九月、一〇月の頃にもヴァイマルに不安な軍事的動揺があって、ゲーテは荷物をまとめて避難の用意をした。この期間には、彼はしばしば健康もそこねた。その上、身辺の親しい人たちの死にも逢わねばならなかった。一八〇五年にはシラーを失ったが、一八〇七年四月には尊敬する大公妃が世を去った。実家の没落、自国の荒廃など、度重なる心労のためであった。また、翌一八〇八年の九月には母が亡くなった。享年七八歳であった。ゲーテはたいへん力を落した。

このような不安な世相の中に生きながら、彼の作家的な意欲は少しも衰えなかった。当時は現代とはちがって、戦争の被害が直接及ばないときには、おのずからのんびりとしたゆとりもあった。彼は暇な時間を利用して内界の集中をはかり、たえず創作活動に打ち込もうと努力した。

ゲーテは一八〇六年から毎年のように、夏はボヘミアの温泉地カールスバートへ出かけるようになった。先年腎臓《じんぞう》疝痛《せんつう》の大患に悩んだ彼は、カールスバートの温泉が腎臓に卓効があると聞いたからである。彼は膝にも痛みを持っていたが、温泉はそれにもききめがあったという。この転地は彼の神経に安らぎを与え、創作活動の原動力となった。

一八〇六年には『ファウスト』第一部稿が成る。一八〇七年末から翌八年にかけてミンナ＝ヘルツリープをひそかに愛し、『ソネット』一七篇を作詩。一八〇九年、小説『親和力』上梓。この年から自叙伝『詩と真実』の準備にとりかかる。一八一〇年、『ヴィルヘルム・マイスターの遍歴時代』の仕事にも手をつける。一八一一年、『詩と真実』第一部刊行。一八一二年、『詩と真実』第二部。一八一四年、『詩と真実』第三部。以上のあらましは、不安な世相の中にあってもゲーテの創作力がいかにたくましかったかを物語っている。

ベートーヴェンとのめぐり逢い

ゲーテは毎年のようにカールスバートに出かけたのであるが、そこでの人びととのさまざまな交流はゆたかな心の糧となった。カールスバートは西ボヘミアにあり、今日で言えばチェコスロヴァキアと東ドイツとの国境近くにある温泉地である。そこには古来、大芸術家たち、帝王、君主、将軍らが滞在した。ヴァイマルからは百数十キロ離れており、当時馬車で四、五日の旅であった。カールスバートの東方約八〇キロ、エルツ山脈の中にはテプリッツと呼ぶ太古から知られている温泉町がある。ゲーテは一八一〇年と一二年の夏ここにも滞在したのであるが、一二年の七月、彼ははからずもここでベートーヴェンとめぐり逢ったのである。二人の天才の出会いは、彼らの対蹠《たいしょ》的なあり方を描きだしていて、まことに興味深いものがある。

ベートーヴェンは少年時代からゲーテを尊敬し、ゲーテの作品を愛読していた。すでにゲーテのいくつかの詩に作曲して贈呈しており、ゲーテの戯曲『エグモント』のための序曲もつくったりしていた。だが、二人のめぐり逢いはけっして偶然に起きたわけではない。当時ゲーテの親しくしていたベッティーナ＝フォン＝ブレンターノという若い女性がいた。彼女は後に著名な女流作家となったが、文学、音楽、絵画等に理解ある天才的な女性であった。彼女は自分の尊敬し感激している芸術家にはひたむきに突進していくという、異常な情熱を持っていた。この二人の大天才と親しかったのも、彼女のたぐい稀な勇気のおかげであった。ベートーヴェンにゲーテと会うようにすすめたのは、彼女であった。ベートーヴェンも崇拝しているゲーテに会いたいと思っていたので、そういう下心があってテプリッツへ出かけたのかも知れない。テプリッツの温泉が耳の病気にききめがあると聞いていたので、いっそうその気になったのであろう。ゲーテもベッティーナからの便りによって、ベートーヴェンのことはじゅうぶん承知していた。

だが、二人は約束してテプリッツで落ちあったわけではない。カールスバートにいたゲーテはアウグスト公からテプリッツへ来るように招かれた。オーストリアの若い皇后がゲーテに会いたいということだった。七月一四日彼が行った時には、ベートーヴェンはすでに一週間前からそこに滞在していた。二人はたがいに、相手がテプリッツにいるのに驚いた。ゲーテはじつに鷹揚な行動をとった。七月一九日、日曜日、彼の方から最初にベートーヴェンを訪れたのである。そして一目見るなり、彼の天才ぶりに心をうばわれた。ゲーテはその日さっそく、妻にこう書きおくっている。

「これほど集中力がつよく、これほど精力的で、これほど心情の深い芸術家に、わたしはまだお目にかかったことはない。」

驚くべき讃辞である。彼はその生涯において、他の人間にたいしてこのような卓越性を認めたことは、ただの一度もなかったのだ。

翌二〇日にも、二人はいっしょにビリンへ散歩した。二一日にも、夜、ゲーテはベートーヴェンを訪れている。二三日、木曜日にもまた訪問している。そして、その都度、ベートーヴェンは彼のためにピアノを弾いたのである。

それから四日後、ベートーヴェンは医師のすすめでカールスバートへ移った。ゲーテも八月一二日にはテプリッツを去ってカールスバートへ帰った。九月八日には彼らはもう一度会った、と伝えられている。だが、それきり、二人の交渉は全くとだえた。九月二日、ゲーテは親友の音楽家ツェルターにあてて、こう書いている。

「テプリッツで、私はベートーヴェンを知った。彼の才能には驚嘆したが、惜しいかな、性格が奔放そのものだ。世の中を唾棄《だき》すべきところと見ているのは間違いとはけっして言えないであろう

が、ただ、それだけでは、自分のためにも、他人のためにも、世の中をいっそう楽しいものにすることは、とてもできない。もっとも彼は聴力を失っているので、その点は大いに考えてやらねばならぬことだし、ほんとに気の毒にたえない。聴力を失っていることは、彼の音楽生活よりも、むしろ社会生活の方によけいに不便なのではなかろうか。彼はもともと寡黙なたちなのだが、耳がきこえないために輪をかけていっそうひどくなっている。」

二人の相違

二人が会った時、ゲーテは六三歳、ベートーヴェンは四二歳であった。ゲーテはベートーヴェンを批判しているが、その語調はむしろおだやかである。先輩的なあたたかささえ感じられる。だが、彼はベートーヴェンの熱狂的なあり方にはとてもついていけない。ベートーヴェンの方も、ゲーテがやたらと王侯貴族にうやうやしく振舞うのが全く気にくわない。たまたま散歩の途上に起きた次の小さな出来事は、二人の性格を浮彫りにした一つの有名なエピソードである。

ベートーヴェンはゲーテの腕をつかみながら歩いていた。道の向こうから、オーストリアの皇后が貴族や廷臣をひきつれて現れてきた。ベートーヴェンはゲーテに言った。

「私の腕につかまったままでいて下さい！　彼らの方が私たちに道をゆずらねばならないのです。断じて私たちがゆずってはなりません。」

だが、ゲーテはベートーヴェンの言うことをきかなかった。ベートーヴェン の腕をふりほどき、帽子を手にとって、道のかたわらに身をよせた。ベートーヴェンは帽子はちょっと肩をすくめてから悠然と道の中央を歩きつづけ、彼らの真中を突破した。皇后の前で帽子の縁にちょっと手をふれただけだった。貴族たちは礼儀正しく道をあけ、ていねいに挨拶した。いったん通りぬけると、ベートーヴェンは立ちどまってゲーテを待った。見ると、ゲーテはうやうやしく身をかがめている。ベートーヴェンはゲーテに言った。

「私がこうしてあなたをお待ちしているのは、あなたがそれにふさわしい方だからです。あなたは、ああいう人たちにあまりていねいすぎました。」

ゲーテもゆずらなかった。

「私は礼儀にふさわしいことをやっただけです。あなたは私を詩人として認めているだけで、ヴァイマル公に仕えている役人であることを忘れているんでしょう。」

それにたいしてベートーヴェンは言った。

「ああいう連中のやれるのは、人間に勲章をやることだけです。それによって彼らが立派な人間になるわけではありません。また、宮中顧問官や枢密顧問官をつくることはできましょう。だが、彼らは、ゲーテやベートーヴェンをつくることはできません。一〇〇年もたてば、ああいう連中はすっかり忘れられてしまいます。せいぜい大詩人ゲーテと関係があったという点だけで、彼らの名が後世に残るだけでしょう。あなたはあまり、ていねいすぎます。」

このいきさつについては、ロマン＝ロランの『ゲーテとベートーヴェン』や、フェリックス＝フッフの『ベートーヴェン』に詳しくしるされている。当時の資料や当事者の手紙等をあますところなく参照しているので、信憑性《しんぴょう》は高いと言えるであろう。

ベートーヴェンは男性的で平民的だった。音楽の世界で帝王であった彼は、王侯にも屈しなかった。権門に頭をさげ、自由を犠牲にすることができたなら、彼はもっと高い位にもつけたし、金持ちにもなれたであろう。また彼はロマン的で、愛国的でもあった。ゲーテはロマン主義がきらいで、「ロマン主義は病的だ」と言ったのは有名である。彼は窮屈なドイツよりは世界人類を愛した。どちらかと言えば、世界市民的な賢人であり、哲人であった。その点では普通のドイツ人とはよほど趣きがちがっている。もちろん似ているところもあるが、反対なところが多い。だからこそ、彼の文学や思想が、ドイツ人の欠点を補う意味において教訓ともなり、救いともなっている、と言えるであろう。この二人の天才はたがいに相手の才能を認めながら、人間的にはたがいに好きにはなれなかったのである。

晩年のゲーテ

円熟した『西東詩集』　一八一三年に入ると戦雲が中部ドイツにただよい始めた。ライプツィヒを挾んで、いわゆる民族戦争の両軍が対峙し始めたのである。ナポレオン軍二七万六千、連合軍一五万と称せられた。ゲーテの日常はきびしくなった。彼はなんとか目前の現実から逃げだそうとしたが、物理的には不可能だったから、いきおい、詩人的な内界へ遁走《とんそう》せざるをえなくなった。その時彼の関心を深く捉えたのは、東方イスラームの世界であった。

一〇月中旬におこった民族戦争の結果、オーストリア、ロシア、プロイセン、スウェーデン、イギリスの連合軍が勝って、ヨーロッパに新しい秩序が生まれる機運が到来した。ゲーテの東方への関心はいっそう高まる。翌一八一四年六月、ヴィーンの東洋学者ヨーゼフ＝フォン＝ハンマーの訳したハーフィズの詩集を初めて読み、新しい心のふるさとにめぐり逢ったような気分になった。ハーフィズは一四世紀のペルシアの傑出した詩人であるが、ゲーテは彼の中に自分との深い相似性を発見した。世襲的な道義観や現実の事態などに拘束されない精神的な自由。国家、信仰、時代風潮などの圧力に屈しないたくましい個性。恋愛と酒の歓びに酔いながら、そののびやかな官能の中にたえず高貴性がひめられてあることなど……。かつてローマにおいて学んだ人間性の解放を、今ハーフィズの詩の世界の中に反鍋したのである。

平和がかえってヴァイマルの政治的不安が解消すると、ゲーテは初めて解放感にひたった。息のつまるような狭くるしい環境を逃れて、のびのびとうさばらしがしたくなった。不安な戦争時代も彼の作家的精神は少しも衰えなかったが、そのゆたかな創作的意欲に拍車をかけたのがライン・マイン旅行であった。一八一四年と翌一五年の二回、彼は旅に出かけたのである。第一回は七月二五日から一〇月二七日までの三か月。第二回は、五月二四日から一〇月一一日にいたる五か月半におよぶ旅であった。この旅の途上、はからずもマリアンネ＝フォン＝ヴィレマーとめぐり逢い相聞の歌を交わすようになったことが、『西東詩集』において愛、人生、神などへ寄せるゆたかな情想が歌われる機縁となった。

ゲーテはハーフィズを愛読し、落ちつきのない現実を逃れてみずからも東方の世界へ精神的な遁走をはかろうとしたのである。『西東詩集』という題名自体が、西方の詩人が歌う東方の詩篇という意味を持っている。しかし、そこに歌われた東方の世界はあくまでもゲーテ自身の内界の表白であって、ハーフィズは東道《とうどう》のはたらきをしたにすぎない。ゲーテは二回にわたる旅行の途上とその前後の期間に、大部分の詩篇を作ったのである。その当時をかえりみながら、後年彼は次のように語っている。

「とくに才能にめぐまれた人びとには、高齢になってからも、なおかつ新鮮な、特別に生産的な時期が認められるものだ。そういう人たちには何度も一時的な若がえりがやってくるように思える。私がくりかえす青春と言いたいのは、このことだよ……

十年か十二年前、解放戦争の終わったあとのあの幸福な時代、『西東詩集』の詩がわたしを捉えて放さなかったころ、わたしはまだ生産的でね、日に二つも三つも詩ができたものだった。野外にいようと、車の中にいようと、旅館にいようと、全く区別がなかった。」（一八二八年三月一一日、『エッカーマン対話録』）

『西東詩集』は老年期のゲーテの大詩集である。詩集は一二の巻から成っており、彼の人生観、世界観、恋愛観、宗教観等の円熟した姿をうかがい知ることができる。ことにマリアンネとの相聞の書「ズライカの巻」はこの詩集の白眉《はくび》として多くの人びとの心を打っている。しかし、この書物が出た時は、何の反応もなかった。トーマス＝マンは『ゲーテ随想』の中で、「ゲーテの後期抒情詩の測り知れない珠玉篇を収めた『西東詩集』の初版はさっぱり売れず、くず紙のように積まれたままであった」と、述べている。初版の一部分は、今世紀の初めまで出版社の地下室に残っていたという。今日ではその一冊は超稀《き》覯《こう》本である。かつて昭和七（一九三二）年ゲーテ百年祭の折慶応大学で行われたゲーテ文献展示会に、『西東詩集』の初版本が出品された記録が残っている。出品者はエッカーマンの『ゲーテとの対話』（岩波文庫）の訳者として知られていた亀尾英四郎氏であった。あの原書は、戦禍のあと、今もどこかに無事存在しているであろうか。明治三八（一九〇五）年に出版された上田敏の『海潮音』もさっぱり売れず、久しく発行元本郷書院に埃まみれになっていた。急に売れ出したのは、その真価が広く明らかにされた一〇年後であった。いずれにせよ、すぐれたものは必ず理解される時が来る。作家芥川龍之介は『西東詩集』を読んで受けた圧倒的な印象を、その遺稿『或阿呆の一生』の中に「あらゆる善悪の彼岸に悠々と立ってゐるゲエテを見、絶望に近い羨しさを感じた」と、書きのこしている。

クリスティアーネの死とアウグストの結婚　ヴィーン会議の後、ヴァイマル公国は大公国に昇格し、アウグスト公は大公となり、領土はほぼ一・五倍にもふくれあがった。特別な功績もなかったヴァイマルがこのように格上げされたのは、世継ぎの公子がロシア皇帝の娘を妃に迎えていたことが大いに物を言ったのである。ゲーテは首相に任命されたが、その司る範囲は学問や芸術の領域にとどまった。とは言っても、次々に困難な問題が起きてつねに心労の種となった。

家庭の中でもいろいろなことがあった。一八一六年六月六日、妻クリスティアーネが亡くなった。満五一歳になったばかりだった。尿毒症にかかり、ひどい苦しみの後に息を引きとった。医者たちの無力と鎮静剤の不足のため、臨終は恐しい死との戦いであった。ゲーテは病床に臥していて、看とることができなかった。彼の日記には次のようにしるされている。

「六月五日。終日ベッドに横臥。妻危篤。」

「六月六日。妻の臨終が近づく。彼女の生命の、最後の恐しい戦い。正午ごろ死去。私の内部と外部における空虚と死の静けさ。……妻は夜一二時に、霊安室に運ばる。私は終日病臥。」

彼女はゲーテ夫人だというのに日蔭者のように見られていたので、見舞客はほとんどなかった。昔女優だったフォン＝ハイゲンドルフという女性が、苦痛に泣き叫ぶ彼女のそばへ近寄って、その手を握る勇気のあった唯一人の人であった。

翌一八一七年、一人息子のアウグストが結婚した。相手はヴァイマルの女官長の孫娘で、オッティリーと言った。妻の死去によって生じた家庭内の大きな空虚は、この結婚によって埋められたようにも見えた。一八一八年にはヴァルターが、二〇年にはヴォルフガングが生まれた。二七年には女の子アルマも生まれた。文豪ゲーテも家庭人としては、孫を甘やかすおじいさんにすぎなかった。

息子の結婚はゲーテに明るい喜びを与えた。だが、彼の子孫は所詮栄えうる運命にはなかった。ゲーテ家には暗い遺伝があった。息子は父からは情熱的な性質だけを受けつぎ、母方からは飲酒癖を受けついだ。おまけに甘やかされて育ったので、自分の弱点を抑える力に全く欠けていた。不肖な息子である。侍従から財政局参議に出世したが、親の七光のおかげにすぎない。その上彼は一八三〇年一〇月旅行中ローマで急死して、父親を深く悲しませた。四〇歳をこえたばかりだった。オッティリーは小柄な、目の青い、利発な美人だったが、感情の動きが激しく、凡庸な夫とはとかくそりが合わなかった。老ゲーテは二人のあいだに入って、しばしば途方にくれることがあった。ゲーテの死後多情多恨の彼女はヴィーンに移り住んだが、やがてそこでの生活にもゆきづまり、ふたたびヴァイマルに舞いもどり、フラウエンプラーンの家の古い屋根裏部屋でその生涯をとじた。孫たちの末路はいっそう哀れであった。長男も次男も六〇歳台まで生きたのであるが、いずれも人間嫌いの、臆病で上品な独身者として、ヴァイマルを遠くはなれた旅路に死んでいる。ゲーテという偉大な遺産にたえきれなかったかのように。孫娘のアルマはヴィーンですでに一七歳の短い生涯を終えていたので、二人の死によってゲーテ家の家系はたえてしまった。

最後の恋愛

息子の結婚の翌年からゲーテは三年つづけて毎夏カールスバートへ湯治に出かけたが、目だったききめがなかったので、一八二一年には初めてマリエンバートへ行って一か月ばかり滞在した。場所をかえてみたのである。マリエンバートはカールスバートの南西約三〇キロの地点にある、ボヘミアの新しくひらけた温泉村であった。ここで、はからずも、ゲーテはウルリーケ＝フォン＝レヴェツォーという一少女を知るようになった。たまたま彼がウルリーケの祖父母の館に止宿したのが、この奇縁を生むきっかけとなった。

シュトラースブルクのフランス学校の女子寄宿舎に何年かすごしてようやく一七歳になったばか

りのウルリーケは、ゲーテがどんな有名な人なのか、またどんな偉い詩人なのか、さっぱり知らなかった。だから、彼女はゲーテにたいしては全く無邪気な一少女にすぎなかった。それなのにゲーテは戯れにみずからに言わねばならなかった。

老人よ　まだやまないのか
またしても　女の子
若いころは
ケートヒェンだった
いま　毎日を甘くしているのは
誰なのか　はっきり言うがよい

翌二二年夏ふたたびマリエンバートのレヴェツォー家の客となったゲーテにとって、ウルリーケはもはや恋の対象となっていた。ゲーテは手元に送られてきた新刊『従軍記』を彼女に贈って、その扉に次のような小詩をしるした。

一人の友の辿った道がいかばかり不幸であったか

この書は　それを物語っている
されば　この友の慰めとなるねがいは
折ごとに彼を忘るな　ということなのだ
マリエンバート　一八二三年七月二四日

「折ごとに彼を忘るな」というゲーテの願いは、はたしてウルリーケに通じたであろうか。この日、七月二四日は、ゲーテが一か月余にわたるマリエンバートの滞在を終えた日である。彼女と別れた直後、彼は『アイオロスの竪琴《たてごと》』という一つの長い詩をつくった。ウルリーケにささげる詩であった。

ウルリーケ

日もわれにはものうく
夜の　灯《ともしび》　も無聊《ぶりょう》のかぎりである
やさしききみの姿を新たに描くことこそ
残されたただ一つの楽しみなのだ

風にふれればおのずから鳴りいずるというアイオロスの竪琴の

ひびきに、彼は恋の苦悩を託している。

翌二三年の夏、ゲーテは三たびマリエンバートを訪れた。この滞在によってウルリーケにたいする恋心がおさえられなくなる。数十年来の友カール＝アウグスト大公を通して彼女に求婚する。ゲーテは七四歳、ウルリーケは一九歳である。五〇歳以上も年令の差のある結婚が世人の目にグロテスクに映るのは、全くやむを得ない。ゲーテの悲劇は、彼の愛情が彼女に通じなかったところにある。彼にとっては情熱的な恋愛であっても、ウルリーケには、所詮ゲーテは畏敬と尊敬とをもって眺める親しいおじいさんにすぎなかった。

深い懊悩《おうのう》を老人の平静のかげにつつんでさりげなく彼がマリエンバートをあとにしたのは、一八二三年九月五日であった。ヴァイマルに辿りついたのは九月一七日である。そのあいだじゅう馬車の中でも、宿舎の中でも、彼はたえず詩作をつづけた。苦悩を表現することによって苦悩を忘れうるのは、詩人の特権である。ウルリーケにたいする失恋の苦悩も、これ以外に逃れるすべがなかったのだ。彼はわれわれに『マリエンバートの悲歌』という、きよらかにして深い、高くしてゆたかな愛の詩を残してくれたのである。

きよらかなわれらの心の底には
より高きもの　よりきよらかなもの　未知なものに

永遠に名づけられぬものを　みずからにときあかしつつ
感謝して　すすんで身を委ねようとする努力が　高く波打っている
われらはそれを敬虔と名づける！　彼女の前に立つとき
わたしはこのような聖なる高さを　身にしみて感ずるのだ

愛人の美しさは私利私欲を焼きつくす光である。愛することは聖なる園に入ることである。ウルリーケは彼の手のとどかぬ天の門であった。老詩人の理性は、このように彼に教えている。だが、彼の情熱はなお青年のようにたぎっている。

されば涙よ　湧きいでよ　そしてとどめなく流れるがよい
しかし　この心の焔をしずめるすべは　いずこにもありはしない
生と死がおそろしく闘っている
わたしの胸のうちは　すでにはげしく狂い　はりさけるばかりだ

古来詩人の数は多いし、比較的高齢にいたるまで詩作活動のつづいた詩人もけっして少ないわけではない。だが、七四歳になっても『若菜集』のような若々しい詩情を持ちつづけた詩人は全く見あたらない。杜甫や李白には、恋の詩はない。深い人生観のにじみ出ている芭蕉の詩句にも、この恋の詩はない。四一歳にして奥の細道を旅した彼は、すでに芭蕉翁と言われていた。天成の詩人と言われたヴェルレーヌでさえ、晩年は全く頽廃してしまった。若いころ活躍した薄田泣菫《すすきだきゅうきん》、有明、土井晩翠などのわが国の詩人たちを考えても、その後年の詩は著しくみずみずしさを失っている。ゲーテが偉大なのは、何よりもこの人間の、あたたかいゆたかさにある。

無給の助手エッカーマン

ゲーテの晩年を語る時、エッカーマンの名前を逸することはできない。ゲーテの最後の一〇年間はきわめて狭い生活圏ですごされた。あれほど足しげく通った近くのイェーナでさえ、縁遠いところとなってしまった。だが、それは、精神的には測り知れない深さと広さの世界へ伸びひろがっていった時期でもある。その無限な内界の様相をさまざまにとらえて後世に伝えた人こそ、ヨーハン＝ペーター＝エッカーマンであった。彼の著書『ゲーテとの対話』が存在しなければ、多くの価値あるものが永久に失われてしまったであろう。時には不機嫌であった晩年のゲーテをこのようにゆたかに語らしめたのは、エッカーマンの人柄の功績と言わねばならない。人は言うかも知れない、天才のかたわらにはべって自由に話のできたエッカーマンはラッキーな男である、と。だが、彼の功績はけっして幸運だけがもたらしたものではない。晩年のゲーテの広大無辺の世界へあくことなくまさぐり込もうとする彼の、詩人的気質の貴重な結晶である。

彼の父は貧しい織物の行商人であった。少年時代から重い荷物をかついで父の手伝いをさせられた彼は、一四の時まで学校へもいけなかった。この年からようやく読み書きを習い始めた。胸が弱く、小柄で、見ばえのしない少年だったが、利発で、ねばり強かった。その後書記としてささやかな官吏の地位にありついた。二四歳になってラテン語を学んだ。親切な人の後援で、わずかながら給与を得ながら高等学校へ通えるようになった。彼は詩を書いた。貧乏のどん底にあった。同じように貧乏なハンヒェンと婚約をした。彼女はその後一三年も結婚を待たねばならなかった。エッカーマンはゲッティンゲン大学で文学や哲学を学んだ、給費生だった。数学期を経たのち『文学論、とくにゲーテに関して』を書いた。ロマン派を批判し、古代ギリシアとゲーテとを範とする立論であった。彼はこの論文をゲーテに送ったのである。老文豪はそれを好意をもって受けとり、印刷できるようにとりはからった。これがエッカーマンのゲーテに近づくきっかけとなった。

そのころゲーテは助手を求めていた。いろいろ物色していたが、なかなかきまらなかった。希望者の求める給与について折り合いがつかなかったからである。だが、エッカーマンは何一つ求めなかった。お側におられたら満足です、と答えた。じっさい、わずかばかりの小遣をのぞいて、何一つ受けとらなかった。それどころか、赤貧のハンヒェンがわずかながらも送金して彼を助けねばならなかった。

彼が巨匠の前に立ったときには、すでに三〇歳に達していた。やせた頰には苦労人の皺《しわ》がきざまれており、ぼんやりとした細い目の貧相な男だった。その頰には、つやのない長い髪がたれていた。若者のあいだに流行していたドイツ古代風の髪型であった。その髪型がきらいだったゲーテは、なんとか早く鏝《こて》で巻いてはどうかと注意した。エッカーマンは採用されたが、秘書ではなかった。口述の場には呼ばれなかった。それは他の人たちの仕事であった。ゲーテには三人の書記がいた。彼は無給の助手にすぎない。

エッカーマンはひたすらつとめた。ゲーテに仕え、彼を敬い、彼の語ったことを書きとどめた。彼は家具づきの一つの小さな部屋に住んでいた。鳥好きの彼の部屋は鳥籠でいっぱいだった。そこで、無限に価値ある多くの記載を残したのである。謙虚の権化のようなハンヒェンも、時にはたまりかねて、それほどあなたを認めているゲーテが、なぜ何もしてくれないのかと訴えることもあった。それでも、彼は婚約者をこんこんとさとしながらがんばった。ゲーテの最後の年になって、やっとエッカーマンは彼女と結婚できた。だが、運命の女神達はこの二人に寛大ではなかった。彼女はすでに年をとりすぎていたので、最初の産褥《さんじょく》であっけなく世を去ってしまったのである。

ゲーテの死はエッカーマンを全く孤独にした。彼は鳥籠だらけの部屋の中で忘れ去られた人のように、生涯のただ一つの課題と取りくむこととなった。ゲーテから聞いたこと、要点を手短かに書きとどめていたものなどを、つづり合わせ、まとめあげて、完全な話に復元する仕事であった。いわば、それは、晩年のゲーテの一種の『詩と真実』であった。彼の『ゲーテとの対話』は、ゲーテの最後の偉大な作品ということができよう。ゲーテは彼の最晩年の談話が、新しい表現形式として、エッカーマンの筆により後世に残ることを意識し、予想していたにちがいないからである。

ゲーテの死んだのちにもエッカーマンはヴァイマルにとどまった。宮廷顧問官という称号をもらった。が、これは、全く身入りのない、たいして価値のない称号にすぎなかった。世間は彼を一種の変わり者と見ていた。ゲーテの生誕百年祭が祝われた時、町中の家に祝火がともされたけれども、鳥籠にうずまった彼の部屋の小窓だけは暗いままであった。生きているあいだ彼は収入には恵まれず、世人からはかえりみられず、身辺はつねに孤独であった。しかし、彼の作品は輝いている。ゲーテの光に照されながら、そのただ一つの作品のなかに独創的な世界を描き出しているからだ。時がたつにつれて、彼の功績は、いっそう広く世界中の人びとから評価されている。

『ヴィルヘルム・マイスターの遍歴時代』

ゲーテは晩年エッカーマンに語った。「国民文学なぞということには、もはや大した意味はない。世界文学の時代が来ているのだ。」文学においても、彼の視野は広く世界にひらかれていた。ドイツ文学にだけ向けられている狭い精神を、彼は憎んだのである。と言っても、ドイツ的なものを憎むという意味ではけっしてなかった。むしろ、真にドイツ的なものは世界の人にも理解されねばならない。真に個性的なものは同時に普遍的人間的なのだというのが、ゲーテの真意であった。

今日世界のすぐれた文学は相互に理解されている。片貿易の日本文学もそろそろ外国にも理解されるようになった。この現状にたいする原点ともいうべき姿がゲーテの頭の中に描かれていた。彼はイギリス、フランス、イタリア、スペインの文学にも関心を寄せ、その視野は東方はもとより、中国のような極東にも向けられていた。彼の精神的コスモスはこのように広大無辺なひろがりを示していた。

一八二九年二月、『ヴィルヘルム・マイスターの遍歴時代』が完成した。晩年の大作である。『ヴィルヘルム・マイスターの修業時代』の姉妹作として知られている。『修業時代』につづいて『遍歴時代』を書こうとする意図は、当初ゲーテにはなかったらしい。事実『修業時代』は一つのまとまった作品であるから、それでもよかったのである。ところがシラーが、修業時代を終えた主人公はどこへゆくのだろうと著者に尋ねたことが、この作品の生まれるきっかけになったと伝えられている。途中さまざまなことがあったとはいえ、一八〇七年稿を起こしてから実に二二年の歳月を要している。

『修業時代』の終わりに主人公ヴィルヘルムは愛人ナターリエと結ばれたが、その幸福をさしおいて、一子フェーリクスを伴って遍歴の旅にのぼる。途中種々の生きざまの人達にめぐり逢う。彼らは生き方にちがいこそあれ、みな自分の困難な現実に打ちこんで喜びを感じている。やがてヴィルヘルムは教育州に入る。山や牧場や、田畑や建物のある一種の学園である。画一教育がさけられ、個性をのばすことに重点がおかれている。園生の個性に応じた職業教育が行われている。しかしまた一方では、共同生活への関連が強調される。社会生活なくして個人生活はありえないからである。ヴィルヘルムは深い共感とともにわが子をこの学園に託すこととする。この学園についての記述には、ゲーテの教育的理念をうかがわせるものがある。

最後に描かれているのは、レナルドーという人物の主宰するもっとも進歩した一つの小社会の姿である。彼は新天地アメリカに移住する準備のため、労働者や職人たちを集めて訓練している。ここではすべての人達が平等の立場にあって、完全に民主主義の社会をかたちづくっている。そこには、かつてヴィルヘルムが修業時代に親しみ尊敬していた人達の多くが加わっており、妻のナターリエもやって来ている。彼らの中にはすでに船出した者もあり、これから船出しようとする者もいる。かねて外科医の技術を修得していたヴィルヘルムは学園を去ったフェーリクスと出会い、相共に新天地に向かうため、彼らのあとを追うのである。

修業時代につづいて遍歴時代を体験することは、当時のヨーロッパ社会の中核的風習である。人はその後にマイスター（親方）として一人前になっていく。この小説が『修業時代』の続篇である意味は、そこにじゅうぶん汲みとることができる。『遍歴時代』には『諦念の人びと』という副題が付されている。それは全篇の中心思想を示しており、当時の作者自身の人生観の根底でもあった。

諦念するということは、欲望を抑えるということである。作者の描いた人物はさすらいをする。しかし、旅の歌で讃美したような時代好みのロマンチックなものではない。有頂天や陽気な放浪は彼らにはゆるされていない。彼らは人生、社会の福祉増進のために寄与しなければならない。厳格な目的に奉仕するため、諦観しなければならぬのである。諦念は無為のあきらめではない。ゲーテの諦念はけっして観念的な産物ではなくて、苦闘の末に体得された知性であった。事実、作中の人物の多くは、あるいは恋愛を断念し、あるいは所有を放棄し、あるいは特殊権利をなげうっているけれども、そのために隠遁的になったり、世をすねたりする人は見あたらない。

この作品にはいたるところに短篇や童話や手紙が挿入され、また、箴言《しんげん》・省察、詩などがまじり込んでいて、話の筋はけっして分かり易い展開を示していない。ある意味では、この小説は完結していない。終了しているだけである。老ゲーテは時代の息吹を敏感に呼吸しており、産業革命の波やアメリカの新天地を感じとっている。彼の描こうとするものは、もはや貴族社会ではなく、活動的、実践的で、しかも分をわきまえた社会である。彼の眼は、未来の世代、将来の精神共同体に向けられている。だが、その姿は示されていない。それは作者の意図ないし要請であって、その先を考えることは各人にゆだねられている。

この作品が上梓された時、むしろ批難の声が多くきかれた。ルーズな構成、冗漫《じょうまん》な描写、人物や事柄の不明確などが指摘された。だが、作者の意中を汲みとることのできたエリート読者もけっして少ないわけではなかった。これらの理解ある読者達が示したあらゆる評価を、ゲーテは深い感謝をもって受けとった。

『ファウスト』とファウスト伝説　ゲーテは死の前年、一八三一年七月に、ついに『ファウスト』を書きあげた。彼のライフワークである。八二歳であった。前後六〇年の歳月を要した。もちろん途中いくたびか中断したのだが、彼はこの作品と生涯を共にしたと言ってもよい。二四、五歳の青年時代、幾場面かが書かれた。この作品は、韻文戯曲で、第一部と第二部から成っている。最初に書かれた『初稿《ウル》ファウスト』は第一部の原形である。その後一〇年あまり、何も書いていない。イタリアで一場面書き加え、帰ってから少し書きたして『ファウスト断片』ができあがった。一七九〇年彼の著作集に収められて、初めて一般読者の前に示された。ようやく一八〇六年になって第一部が完成した。そしてコッタ版著作集の第八巻として一八〇八年に出版された。『初稿《ウル》ファウスト』を書いた青年ゲーテはもう五七歳になっていた。第二部はながいあいだ手がつかぬままであったが、最終決定版としての著作集を出す必要に迫られ、一八三一年どうやら完結を見るにいたった。七六歳から八二歳までの七年間の歳月がそそがれたのである。

今日ドイツの文学者や作家達は、ドイツ最大の文学作品は何であるかと問われたならば、おそらく彼らはみな、躊躇《ちゅうちょ》することなく『ファウスト』の名をあげるであろう。それほどまでにこの作品は高く評価されている。それは、なぜか。人間の存在そのものの意味が、彼の芸術をとおして、ひろく、深く、問われているからである。しかも、人間の存在についての窮極的な興味は普遍妥当的なものであるから、『ファウスト』はまた世界のすべての人びとに訴える力をひめている。

では、いったい、『ファウスト』とはどのような作品なのであろうか。『ファウスト』はゲーテの作品にちがいないが、しかし考えてみると、けっしてゲーテだけの創作によって生まれたものではない。ファウストという民間伝説があり、人形芝居があったりして、ゲーテは少年時代から非常に興味を持っていた。逆の言い方をすれば、ファウスト伝説がなかったならば、ゲーテの傑作『ファウスト』も生まれなかったとも言える。そういう意味において、『ファウスト』には全体の筋の運びの上において、あらかじめ一種の枠がはめられていた。『ファウスト』は幾世紀かの文学的な総決算でもあった。シェークスピアの諸作についても、同じことが言えるであろう。

ところで、ファウスト伝説の原型となった実在の人物がいたのである。この歴史的な人物はだいたいルターと同年輩、同時代の人であった。一四八〇年ころに生まれ、一五三六年から三九年のあいだに死んだように伝えられている。彼が生きていた時代は一つの大きな動乱期であった。幾世紀ものあいだキリスト教の鋳型のなかにはめ込まれて冬眠していた精神が、烈しくゆり動かされた時代であった。これまで神を通じてのみ伝えられていた一切の知をすてて、人間は新たにみずから自然の事物を見直そうとする。そこに生まれてくるのは、底知れない知のなやみである。知のなやみを知ることは、これまで知られなかった世界が展開されたという意味にほかならない。自然科学の芽生えは、この懐疑の精神から生まれたのである。

ファウストはこのような時代に生きていた。彼は宇宙の神秘に神以外の道から近づこうとした。そのため、錬金術や魔法など、あらゆる手段を用いた。ギリシアの美人ヘレナを魔法で呼び出してみたり、戦争の結果を予言して君侯から恩賞をもらったり、大小さまざまな奇行が伝えられた。ある者は彼をすごい男だと舌を巻いたが、ある者は世をたぶらかす大ぺてん師と見た。品行がよくないという多くの噂もあった。だが、キリスト教がその絶対の神権をもってのぞんでいた時代に、神罰を屁とも思わぬファウストが民衆の喝采《かっさい》を博す要素を持っていたことも、否定できない。

ファウストの死後まもなく、彼についての言伝えが際限なくふくらんでいった。悪魔と手を結んだファウストの死は、キリスト教者達にとってまたとない教訓の種であった。神にそむく者は、地獄におちるのである。こうして約五〇年後一五八七年には、最初の『ファウスト物語』が刊行された。さながら講談本まがいにファウストの生涯がおもしろおかしく語られ、最後に、ぬかりなく道義的訓辞が付されている。一七二五年に六冊目の『ファウスト物語』が出た。約一四〇年のあいだに六冊の民衆本が出たのである。六冊目の本は『キリスト教的考えを持つ人によって書かれたファウスト物語』と題されていて、著者は名前を秘している。彼は市民的啓蒙精神を持った合理主義者だったので、在来の道話的な色彩を清算して、ファウストの生活と仕事を興味深く簡略にまとめたのである。このように多少ともファウストに好意的な見方をするのは、当時にあっては危険なことだった。この本は世間の人気を博し、約一〇〇年のあいだに三三版を重ねたという。ゲーテもこの本を読んだにちがいない。

ところで、ファウスト伝説をはじめて戯曲にしたのは、イギリスの劇作家クリストファ＝マーローであった。一六世紀の後半にはすでに舞台にかかっていた。この芝居はやがてイギリスの旅役者達によってドイツに逆輸入され、ドイツの各地で演じられた。ところが時がたつにつれて、民衆に気に入ろう、民衆を笑わせようと次第に低俗になって、はてはこっけいな縁日芝居になりさがってしまった。ドクトル＝ファウストが登場すると、観客は笑いだすという始末だった。ゲーテも子供のころ、そのような人形芝居を見たにちがいない。

ファウスト伝説によって話の荒筋はきめられてはいるが、それをどのようにとらえ、どのように解釈してゆくかは、作家の自由である。ファウストには人間の欲望の権化のようなところがある。名声、金、女を求める心。そのためには悪魔と契約する。一方では、錬金術にたよって宇宙の神秘をきわめようとする。地獄におちるような冒険もあえて選ぶ。一六世紀の常識にとってはそのような行為はまさに神を恐れぬ大ほら吹き、グロテスクな気味わるさをそそるものであったにちがいない。ファウストは作家の興味をひく多くの要素を持っていた。

少年ゲーテは通俗本を読んだり、人形芝居を見たりしてファウストという人間に深い興味を持っていたが、年を経るにつれてその古い素材の一つ一つに普遍的な意味を与えながら、ついにそこから、人生のもっとも根元的な問題ととりくむ大作をつくりあげたのである。

第一部グレートヒェン悲劇

さきにも述べたように『ファウスト』は第一部と第二部から成り立っている。第一部はよく「グレートヒェン悲劇」と呼ばれる。ファウストは六〇歳くらいの老学者として登場する。彼はこれまで哲学、法学、神学、医学などあらゆる学問をしてきた篤学《とくがく》の大学教授であるが、つっ込んでかえりみると、何一つ知りえないという自分の無知に気づいて悲しむ。せめて魔法によってでも宇宙の深奥をさぐりたいと思い、魔法の書によって地霊を呼びだす。だが、地霊に「おまえはおれになぞ似ているものか」と大喝《かつ》されて、絶望のあまり毒を仰ごうとする。その時、近くの教会から復活祭の鐘の音と讃美歌がきこえてくる。彼は自殺を思いとどまる。

やがて、悪魔のメフィストにめぐり逢い、契約を結ぶ。「もしおまえがこの世の快楽でおれをたぶらかすことができれば、おれの敗だ。或る瞬間に向かって、とどまれ、おまえは美しい、とおれが言ったら、おれは滅びてもよい」と、ファウストは言う。それまでメフィストはファウストのしもべとなって働くという契約である。

メフィストはこのインテリの魂をぜひ頂戴したいものと、手をかえ品をかえてファウストを誘惑する。ファウストはメフィストのはからいでグレートヒェンという、うぶな、素朴な町娘と知り合う。二人の仲はいつしかすすんで、ついに彼女はファウストの赤ん坊を生む。困りはてた彼女の弱い心は錯乱状態に陥って、生まれたばかりの子を水に沈めて死なせてしまう。恐しい嬰児《えいじ》殺しの罪である。彼女は牢獄につながれる。

ファウストはメフィストを案内役に独房に入ってグレートヒェンを救いだそうとする。だが、「神様のお裁きにこの身をお任せします」と言って、逃げようとしない。そして、ファウストの名を呼びながら倒れてしまう。メフィストはファウストを引きずるように外へつれだす。「ハインリッヒ、ハインリッヒ！」と呼ぶグレートヒェンの声が、ファウストにとっては、この世できいた彼女の最後の声であった。

嬰児殺しの問題は当時の大きな社会問題であった。グレートヒェンのモティーフは、第五番目のファウスト伝説に初めてあらわれ、第六番目のファウスト伝説の著者も改めてそれを強調した。ゲーテはそのグレートヒェン－モティーフをとらえて、巧みに当時の社会問題と結びつけ、人間一般の問題として作品『ファウスト』のなかにくみ込んだのである。

ファウストの激しい生命の衝動は、自分を焼きつくすばかりでなく、うぶな乙女グレートヒェンまでも悲惨な運命に巻き込んでしまう。しかもこのような運命はファウスト自身の招いたもので、メフィストはその共犯者にすぎない。グレートヒェンもあやまちを犯したが、彼女を罪に陥れたのは彼女の官能であって、その魂までがそれを肯定したわけではない。彼女自身の救いと、ファウストの贖罪と救済の問題は、第二部への深い内的な脈絡として展開してゆく。

第二部シュールリアリズムの世界

第一部が知と愛の悲劇であったのにたいして、第二部は美と業《タート》の舞台となっている。断首の刑を待つグレートヒェンを牢獄に残してきたファウストは、「生まれて来なければよかった」と嘆き悲しむ。彼はどのような苦悶の日々をすごしたのであろうか。ともあれ、ある日、彼は高原の花咲く野べに身を横たえて生気をとりもどしてくる。これからファウストはメフィストを案内役として大世界への旅に出かけるのである。大世界とは王侯貴族の社会である。歴史上の人物ファウストも、ファウスト伝説の主人公も、ともに諸方の宮廷に出入りして諸侯を煙に巻いたのであるが、その部分がゲーテの『ファウスト』では第二部の骨子として描かれている。

　ファウストはメフィストに導かれて皇帝の宮廷へ入る。財政難にあえぐ宮廷を、メフィストの入れ知恵で紙幣を濫発して救済する。すっかり上機嫌になった皇帝は、今度は、世界一の美女と言われる古代ギリシアのヘレナを見たいと言いだす。ファウストはメフィストの知恵をかりて「母達の国」へゆき、ヘレナをこの世へつれて来る。

　いろいろないきさつと冒険があったのち、ファウストはヘレナとめぐり逢い、アルカディアの城に彼女を迎えて、愛の生活をいとなむ。二人のあいだにオイフォリオーンという子供が生まれる。

この子はある日空中にとびあがり、足を踏みはずして死んでしまう。彼の霊が地下から母を呼ぶ。ヘレナは愛児のあとを追って冥界へ帰ってしまう。ファウストの手には彼女の衣裳とヴェールだけが残った。

ファウストはギリシアの地をはなれてふたたび北の国へ帰る。ヘレナの衣裳が雲となりファウストの身を運んだのである。途中、海岸沿いの土地が荒波と闘うさまを見て、あの思いあがった波を陸地からしめだして、そこに新しい土地をひらきたいと念願する。

たまたま皇帝の治世の失敗から、内乱が起こり、対立皇帝が兵をあげる。ファウストは召されて対立皇帝の兵を破り、その恩賞として海岸沿いの土地を賜わることとなった。

ファウストが望んでいた理想の新国土建設の業が着々とすすみ、そこに多くの人びとが新しい生活を始めるようになる。ファウストは今や領主としてご殿をいとなみ、メフィストは多くの召使どもの頭として仕えている。新国土建設完成を目前にしたファウストは感無量である。思わず叫ぶ。「これができたら、おれは瞬間に向かって呼びかけたい、とどまれ、瞬間よ、おまえはほんとに美しいな、と」。その言葉が口から出るやいなや、彼は倒れてしまう。その言葉を吐いたら死んでもいいというのが、メフィストとの約束だったからである。

高齢までたえず働きつづけたファウストの生涯もついに終止符を打った。彼はもう一〇〇歳に達していた。メフィストは、勝利は自分のものと思い、ファウストの魂を奪い去ろうとする。だが、合唱しながらあらわれた天使達がバラの花を撒きちらすと、風に吹かれてそれが焔となり、メフィストや手下の悪魔どもを焼き払う。その天使達のなかには、かつて大きな罪を犯したグレートヒェンと呼ぶ乙女の霊もまじっている。ファウストは、より高い、より明澄《めいちょう》な世界へ運ばれてゆく。それは「永遠に女性的なるもの」という中性名詞で呼ばれる境地である。

第二部でくりひろげられる世界は時間を超越し、空間を超越している。いわばシュールリアリズムの広大な世界である。彼は『ファウスト』を書くのに六〇年もかかったが、その描く世界は三〇〇〇年にわたり、舞台の空間はドイツからギリシアに股がっている。

「これからの命はもうけものだ」

『ファウスト』という作品を、こじんまりと、手際よく説明することは不可能である。この作品には無数の問題がひめられていて、それを人ごとにそれぞれのニュアンスをもって掘りおこしていくところに、深い価値がある。『ファウスト』には、それを見る人によって異なる意味があるのだ。それで、いいのである。ゲーテが『ファウスト』で何を意図したのか、われわれにはわからない。彼自身も、それをはっきりと拒否している。『ファウスト』は文学作品である。注釈をする文学者のために書かれたものではない。

ファウストの救済という問題も、それを倫理的や宗教的に正当化しようとすれば、きわめてむずかしい問題である。ファウストという人間にしても、せいぜい「暗い衝動にとらえられた善良な人

晩年のゲーテ　ギッケル
ハーン山上で

問」にすぎない。また、善良という形容詞も甚だあやしいものである。それもこれも、人間をかぎりなく高いところから見おろして、神が好意的、諷刺的に語るときにのみ理解されるのである。ゲーテはダンテのように不動な信仰世界に住む人間ではなかった。彼は生きるかぎり迷う者である。近代の人間であった。

『ファウスト』がわれわれにたえず新しい問題を提供してくれるのは、この作品が割りきれないごたごたとしたものでありながら、そこに無尽蔵の貴重な鉱石がひめられているからである。『ファウスト』完成後、ゲーテは原稿が人目に触れないように封印した。自分の真意は一般の読者はおろか、友人達にもとても理解してもらえないと思ったからである。だが、この処理のかげには、いつの日かその時が来たならば、彼の努力を正しく理解してくれる読者があらわれるのを期待する願いがこめられていたのかも知れない。第二部完成後の一八三一年九月、ボアスレーにあてて彼は次のように書いている。

「出来栄えはいかがあれ、ようやくここにできあがりました。問題の個所もたくさんありながらそれにいちいち解明を与えるわけにもいきませんでしたが、それでも、顔色や、目くばせや、ちょっとした暗示にも、しみじみとした理解を示してくれる読者には、よろこんでもらえると思います。わたしが与え得たことよりも、もっと多くのことが発見されるでしょう。」

ゲーテの言葉どおりになった。今や『ファウスト』はドイツ文学の最高傑作として、広く世界の人びとにかぎりないよろこびを与えている。

『ファウスト』の完結とともにゲーテの生涯もその終末に近づきつつあった。『ファウスト』第二部ができあがったあと、ゲーテはエッカーマンに語っている、「これからのわたしの命は、ほんとにもうけものだ」と。この簡潔な言葉の中に老文豪の気持ちが端的に言いあらわされている。彼は静かに死にのぞむ用意をした。旧友ミュラーに遺言を託した。遺稿集、作品集、コレクションの処理をし、フランクフルトのマリアンネにはもらった手紙を送りかえした。死の数日前まで彼は手紙を書いた。それらの手紙はいずれも老詩人の精神のたしかなゆたかさを示していた。

しかし、彼の肉体はすでに使い果たされていた。前かがみとなり、ひどく小柄になった。冬がきらいなゲーテは春が待ちどおしく、一八三二年の三月中旬、軽馬車でドライヴに出かけた。外気はまだ寒く、風は身を切るようにつめたかった。それがもとで風邪をひきこんで、床についた。かりそめの風邪と思われたのに病勢は次第にすすんで、三月二二日、彼はついに世を去った。ベッドのわきの肘かけ椅子の左側に身を寄せたまま息を引きとった。生まれた時刻と同じ正午ごろだった。

医師フォーゲル博士は死因を「カタル熱、肺炎、呼吸困難、心不全」と、報告している。八三歳の生涯であった。

Ⅳ　日本におけるゲーテ

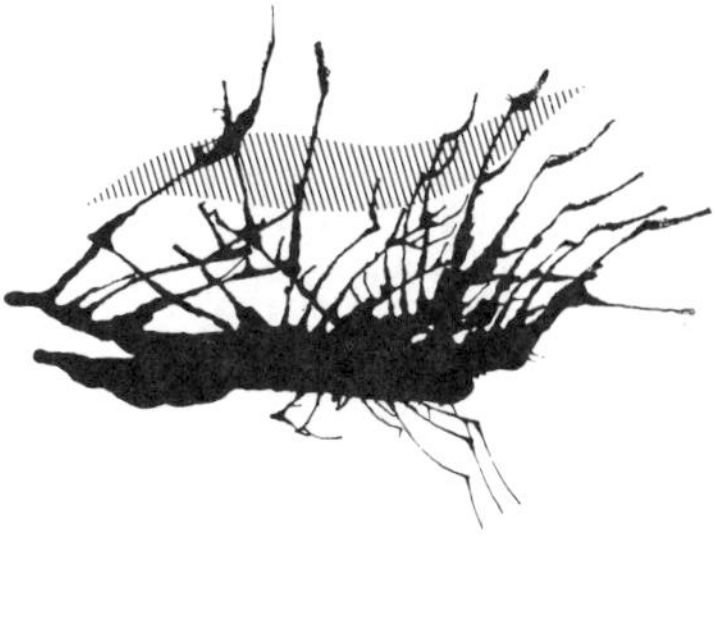

ゲーテと日本文壇

ゲーテの紹介

明治初年以来日本は欧米から多くの文化を移入した。文学においても西欧文学を手本として清新な空気を呼吸するようになった。イギリス、フランス、ロシア文学などと並んで、やがてドイツ文学も移植された。

ゲーテの名前が日本に初めて紹介されたのは明治四（一八七一）年であったが、最初の一二、三年のあいだは、漠然とドイツの偉大な人物という概念のもとで紹介されたにすぎなかった。ゲーテの文学そのものが移入されたわけではない。明治一七（一八八四）年、井上勤によって初めて彼の『狐の裁判』が翻訳された。百獣の王様ライオンに言葉たくみにごまをする狐のずるさを諷刺した動物寓話である。最初は自由出版社から刊行されたが、明治一九（一八八六）年には版権が春陽堂に移り、新たな初版を出した。二六（一八九三）年には五版が出るほどよく読まれた。芥川龍之介は「この作品があるだけでもゲーテは偉大だ」と言ったそうだが、翻訳が世の中にうけたと言っても、文壇に影響を与えたという痕跡は何も残っていない。

ゲーテの文学が広く文壇の注目をあびるようになったのは、明治二〇年代に入ってからである。

ドイツ文学の中ではシラーやレッシングがゲーテと並んで早くから紹介されていたが、やはりなんといっても、ゲーテの影響が広く、かつ深かったと言えよう。その当時の日本人のゲーテにたいして示した反応は今日からみればきわめてプリミティーヴのものではあったが、彼らが人間性のゆたかさにおいてゲーテを捉えていたことは、甚だ興味深い。この源流はやがて明治中期、末期におよび、さらに大正、昭和へと流れ移っていったのである。

森鷗外は明治二一（一八八八）年九月、四年のドイツ留学をおえて帰朝した。軍医が本務ではあったが、彼は日本文芸の改良をひそかに期していた。翌二二（一八八九）年八月、雑誌「国民之友」の付録として訳詩集『於母影《おもかげ》』を発表した。この訳詩集が当時の詩壇に大きな反響を与えたことは、今日では動かぬ定説である。ことにその中でもゲーテの詩「ミニヨン」の訳は『於母影』の白眉であって、この訳詩が日本の若い詩人達に与えた影響はじつに大きかった。

レモンの木は花さき　くらき林の中に
こがね色したる柑子は枝もたわゝにみのり
青く晴れし空よりしづやかに風吹き
ミルテの木はしづかにラウレルの木は高く
くもにそびえて立てる国をしるや　かなたへ

君とともにゆかまし

この訳詩が日本詩の黎明をつげる役目を果たしたのである。ゲーテはよき訳者によって紹介されたというべきである。

一八世紀のヨーロッパにヴェルター熱が流行したように、明治の日本文壇にもいわゆるウェルテリズムが熱病のように広まった。明治二〇年代の半ばから三〇年代の半ばにかけてである。

ヴェルター熱　日本ではじめて『ヴェルター』の大半を翻訳紹介したのは高山樗牛《ちょぎゅう》だったが、このことは案外知られていない。もっとも厳密な意味から言うならば、最初の紹介者は中井喜太郎（錦城）である。だが、彼の訳したのは四つの書簡にすぎないから、翻訳者の名に値しない。当時インテリ文学青年達のあいだにゲーテを読む風潮が次第に盛んになってきた。彼らはイギリスのカッセル文庫本をむさぼり読んだのである。一冊一〇銭で買えたので、金のない若い書生達にはかっこうな知識源であった。雑誌「文学界」に拠った無名の文学青年達は、みな熱心なゲーテの読者であった。いろいろな作品を読んだが、『ヴェルター』について馬場孤蝶《こちょう》は次のように語っている。

「皆三十にはまだ四五年は間があろうといふ年齢の者が多かったので、あの『ヱルテルの悲み』

の心の底から直ちに泉み出て来るやうな感情、十分に熱烈な言語、さういふところにすっかり魅せられてしまったかの観があった。

僕等はカッセルの英訳本を引張り紙鳶《だこ》のやうにして読んだ。最初に読んだ者が、諸所へ赤鉛筆でもって、アンダアラインを引いて置くと、その次ぎの者は、前の者の線を引かなかった部分へ、赤で筋を引くといふ風で、本は瞬《また》く間に、殆んど何の頁も真ッ赤になったくらゐであった。僕等は『ヱルテルの悲み』をば、文学としてより以上の興味を以って貪《むさぼ》り読んだと云っていいであらう。」

『ヴェルター』の熱読者は、平田禿木《とくぼく》、島崎藤村、戸川秋骨、馬場孤蝶らであった。やがてその熱は、同人の長老星野天知にもおよんだ。彼らのヴェルター熱は文壇に一つの風潮を生むつよいきっかけとなった。ただ、「文学界」の総帥格だった北村透谷《とうこく》だけは、雑誌創刊の翌年に没してヴェルター熱の仲間入りはできなかったが、彼が『ファウスト』を熱心に読んでいて文学的にもその影響をうけたことは、周知のとおりである。

「文学界」が廃刊（明治三一年一月、一八九八）になったのちにも、ヴェルター熱はおさまらなかった。弟子どもには外国文学なぞ読んではならない、ときびしいことを言っていた小説界の大御所尾崎紅葉さえ、晩年は、熱心にゲーテを読んだ。

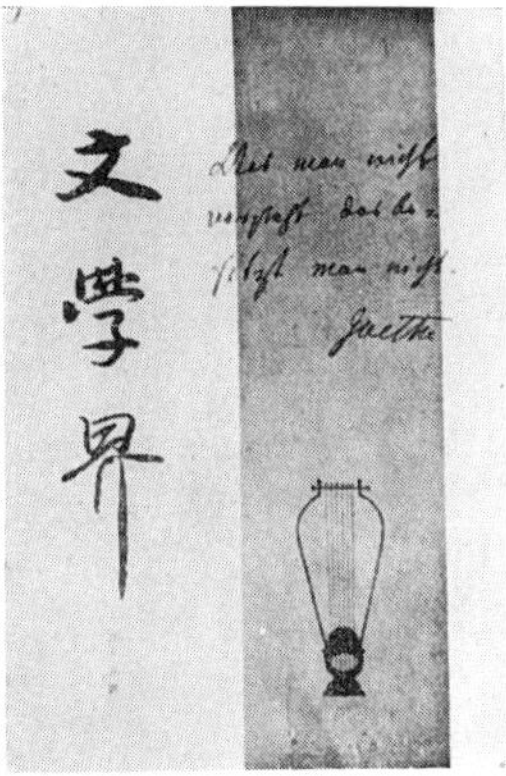

「文学界」表紙のゲーテの詩

その証拠の一つとして、明治三四（一九〇一）年一一月一日付、上田敏あての書簡が残されている。

「拝呈然者ヱルテル入用に存《ぞんじ》候《そうろう》処《ところ》　丸善にも品切れ千葉氏も持合はさず　御手許には必ず有《これ》之《あり》候《そうろう》事《こと》とおぼえ候へば　借覧相願度　もし御所蔵に候はゞ　かの二日令閨《れいけい》に御托し被下《くだされ》間敷《まじく》や　あまり勝手なる申分ながら　悃願《こんがん》いたし候　御許容被下候はゞ　幸甚に御座候　頓首

一日　紅葉

上田学兄」

彼は『ヴェルター』を熟読した。紅葉は明治三六（一九〇三）年一〇月三〇日、三六歳で没した。胃癌であった。その病名を打ちあけられた明治三六年二月二三日の夜、彼は辞世の句を詠んだ。

泣いてゆくヱルテルに会う朧《おぼろ》かな

彼は病軀に鞭打ちながら『ファウスト』をも熱心に読んだ。彼が辞書をひき、書き込みをしながら読んだ英訳ラヴェル本が、今日茅ヶ崎の少雨荘文庫に所蔵されている。

藤村とゲーテ

若い抒情詩人時代の島崎藤村はゲーテの影響をつよくうけた。彼が一時ゲーテを芸術の極致と考えていたことを、平田禿木はその回想録『文学界前後』の中で語っている。藤村自身も、そのころシェークスピアやバイロンとともにゲーテを愛読し、論じたことを、『明治学院の学窓』のなかにしるしている。

武林無想庵の『むさうあん物語』第三六巻のなかに、次のような言葉がある。

「同じ角帽をかぶっていたころ、ゲーテの詩を独逸語《ドイツ》の原文でよんだことがあったが、その時、藤村の『若菜集』には言葉から感情から、そっくりそのままゲーテを拝借したような所がちょいちょいあるのを発見して、おやおやと思ったものだった。」

この言葉は藤村の同時代人の証言として珍重されなければならない。藤村の『若菜集』は日本の詩に黎明を告げたものであるが、ゲーテの詩がドイツ詩史のなかに果たした役割とよく似ている。しかも恋愛体験を根底とした二人のリリカル－クライは、ながいあいだマンネリ化していた詩壇を驚倒させたものである。その点で、彼らの抒情はおのずから似ているのである。

島崎藤村

藤村には『若菜集』『一葉舟』『夏草』『落梅集』等の詩集があるが、『夏草』から詩作態度が一変した。『夏草』のなかに「農夫」という一詩がある。これはほとんど全篇の半ばにも達する九〇〇行に及ぶながい叙事詩である。この詩は『ファウスト』の影響をうけてできたものであることは、一読して明らかである。『ファウスト』や『マイスター』を英訳で読むことが青年の間にはやっていたが、藤村もその一人であった。彼はゲーテについての突っこんだ知識をカーライルから学んだ。当時カッセル版にカーライルの『ゲーテ論集』というのがあって、藤村はそれを熱心に読んだのである。気分的なロマンチストから彼は次第に現実的な世界に目をそそぐようになった。「農夫」に『ファウスト』の面影が移されているのも、そのためである。

藤村は晩年までゲーテに深い関心を寄せていた。その心情を彼は感想集『桃の雫』(昭和一一年、一九三六)のなかで語っている。筆者は本年(昭和五五年)夏藤村の故郷を訪ねたおり、彼の蔵書の片隅にブランデスの『ゲーテ』や茅野蕭々《しょうしょう》の『ゲーテ研究』などの大冊が並んでいるのを見て感銘した。『桃の雫』のなかの言葉を想いだしたからである。一〇〇〇頁前後の大冊がみな手垢によごれていたのも、彼が語っているように、丹念に読んだ証拠である。彼は晩年ゲーテについて次のような感想を述べている。

「大きな自然を母とすることにおいて、ゲーテはまさしく一九世紀の人である。わたしたちの求むべきものは、ゲーテの跡を求めることではなくて、ゲーテの求めたものを求めることにある。ゲーテの生涯になつかしいことは、あれほど険しい理路を辿りながら、しかも正しい感情を解放し得たところにある。あれほど人間的なものを愛し、また一生を通してその愛を深めて行ったことである。」

『ファウスト』と鷗外

鷗外は前述したように「ミニョンの歌」の翻訳によってはじめてゲーテのすばらしい世界を紹介した。他の作家達はドイツ語が読めず、英語から摸索するようにゲーテに近づこうとしていたのにたいし、鷗外は達者なドイツ語の力で彼の作品を片っぱしから精読していた。鷗外はゲーテを深く尊敬し、ある時はゲーテの詩句や箴言を論じ、ある時はゲーテの人となりを語り、ある時は作中にみずからをゲーテに比して嘆いたりしている。鷗外はゲーテのゆたかな見識を、人間としてたえず身近かに感じようとした。また、ゲーテの処女作『ゲッツ』の翻訳や、『ゲーテ伝』、『ファウスト考』、『ギョッツ考』のような研究も、彼は手がけた。が、日本文学への影響を考えると、彼の『ファウスト』の翻訳こそ、忘れえぬ功績と言わねばならない。

鷗外はすでにドイツ留学当時から『ファウスト』に興味を感じ、『ファウスト』を読み、翻訳の機会をうかがっていた。しかし、彼がじっさいに翻訳したのは、はるかのちのことであった。大正二(一九一三)年一月に一部を、三月に二部を刊行した。彼の訳は世間から大いに歓迎され、当時のベストセラーの一つとなった。第二部の種々雑多な登場人物の話し言葉をたくみにとらえた語感のするどさとゆたかさは、日本の『ファウスト』翻訳にたしかな指針を示したものとして、高く評価されるべきである。

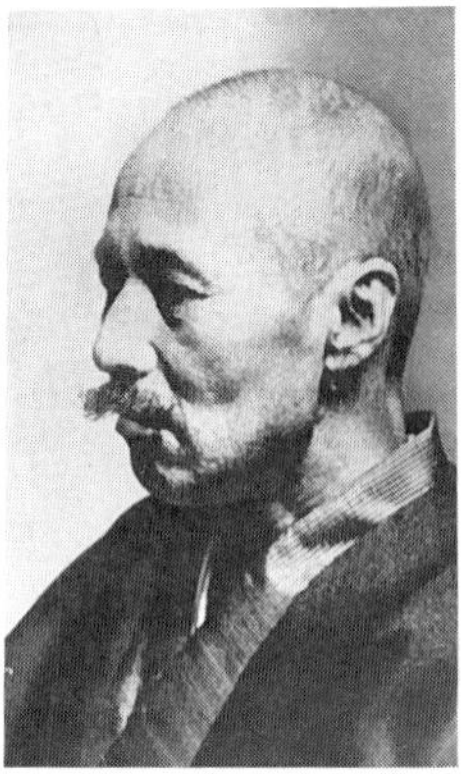

森鷗外

鷗外の完訳はそれだけで大きな意味があったが、それがわが国の『ファウスト』初上演のきっかけとなったことも、演劇史上特筆すべき出来事であった。上山草人、伊庭孝らの近代劇協会の若い俳優達によって、大正二年三月二七日から三一日までの五日間、帝国劇場において上演され好評を博した。それで関西でも行うこととなり、五月一日から一〇日間、大阪北浜帝国座で公演された。もっとも新しい『ファウスト』上演は、昭和四〇（一九六五）年九月、日生劇場において行われた。これは手塚富雄訳を千田是也の脚本・演出によって上演したものである。好評を博して地方でも続演された。

ところで、鷗外訳が読者から歓迎されてよく売れたのは、それだけの下地がすでにあったことを物語っている。「文学界」の若い文人達は『ヴェルター』を熱心に読んだが、『ファウスト』も熱心に読んだ。北村透谷の『蓬来曲』、『蓬来曲別篇』、『我牢獄』などに『ファウスト』の影響のあることは、多くの国文学者の指摘するとおりである。藤村の「農夫」に『ファウスト』の面影のあることはすでに述べたが、馬場孤蝶や戸川秋骨も熱心に読んでいた。

ゲーテ熱の盛んであったそのころは、「文学界」以外の人びとのあいだにも『ファウスト』は読まれていた。例えば国木田独歩などは、彼が熱意をこめて『ファウスト』を読み、その影響をつよくうけたことを『欺かざるの記』のなかにおいて幾たびもくりかえし述べている。病弱の紅葉が『ファウスト』を読もうと涙ぐましい努力をしたことも、既述したとおりである。文壇におけるこのような『ファウスト』熱は、おのずから文学好きな一般青年のあいだにも広まっていった。その機運が鷗外の『ファウスト』訳に先立って、高橋五郎（明治三七年、一九〇四）や町井正路（明治四五年、一九一二）に『ファウスト』を翻訳させたのである。もっとも、高橋・町井訳はいずれも第一部のみの訳である。困難な第二部の訳は、鷗外の努力によって初めてみのったものである。

倉田百三は大正六（一九一七）年六月、『出家とその弟子』を発表して一躍有名になった。彼は「鷗外さんの訳でゲーテの『ファウスト』を読み非常な感銘をうけたが、『出家とその弟子』を書く時いろんな意味でその影響をうけた」と、語っている。ファウストの学究的探求のはてのグレートヒェンとの恋愛、その悲劇をこえてのひたむきな歩み、それは親鸞の恋愛をこえての強烈な求道精神と相通うものがあるかも知れない。百三はそこに深い示唆を得たにちがいない。しかし、『出家とその弟子』を読みかえしてみると、表現の技術的な面においても多くの影響をうけていることがわかる。

外国文学と作家たち

外国文学は明治時代の作家達をつよい好奇心でひきつけた。また外国文学は手習いのかがみであって、それは作家として一人前になるための義務的な道程でもあった。大正、昭和時代に活躍した作家達には外国文学にたいする若干の落ちつきと視野ができ、主体的な選択が行われるようになった。

徳冨蘆花は青年時代トルストイの『戦争と平和』とともにゲーテの『ヴィルヘルム・マイスターの修業時代』（英訳）を愛読した。彼の長篇の筆の運び方には、たしかに『ヴィルヘルム・マイスター』のスタイルがうつっている。

武者小路実篤は学生時代ドイツ語を学び、ハウプトマン、ズーダーマンなどのドイツ作家ばかりでなく、トルストイ、イプセンまでもドイツ語で読んだ。とくにゲーテの『ヘルマンとドロテア』を愛読した。法科志望をすてて文科に進もうと決心したのも、このころであった。彼の明るい心にはゲーテの文学の世界は、そのまま吸収されたにちがいない。

木下杢太郎（太田正雄）は中学時代からドイツ語を学び、一高時代からゲーテの『イタリア紀行』を愛読した。ゲーテの南方へ寄せた憧憬《どうけい》は、彼の場合南蛮の不可思議な香りをひめた九州へのあこがれとなった。明治四〇（一九〇七）年夏行われた「明星」新詩社の九州旅行に加わった彼は、あらかじめ上野図書館に通って南蛮文献をあさり、たくさんの抜き書きをした。

「二三年前ゲエテのイタリア紀行を読み、それに心酔してゐましたから、さういふ見方で九州を見てやらうといふ下心でした。」

と、彼自身語っているように、彼はゲーテの『イタリア紀行』をひそかに期待していた。こうして彼は南蛮文学の先駆者となった。北原白秋は処女作『邪宗門』によって詩壇にデビューし、南蛮文学にはなやかな足跡をしるしたが、それは杢太郎のみちびきの力であることは、日夏耿之介が『明治大正詩史』において指摘したとおりである。木下杢太郎の生涯と学問にはゲーテの影響がつよく見られる。彼は昭和二〇年一〇月一五日に没したが、彼の死の二週間前病床を訪れた野田宇太郎に次のように語ったという。

「僕は『木下杢太郎』と云ふ長篇小説が書いて見たい。――それは北原白秋や吉井勇とは全く違った環境から文学を考へた自分として、ヰルヘルム・マイステルのやうな小説を書きたいのだ。」

（野田宇太郎『日本耽美派の誕生』）

野田宇太郎は同じページに書きそえている。

「九州は（彼にとって）云はばイタリアでもあった。長崎や平戸は羅馬《ローマ》であり、フィレンツェであり、ヴェネチアでもあった。そして天草はシチリヤであった。ゲエテが、『エグモント』や『タッソオ』や『ファウスト』を書いたやうに、太田正雄は数々の夢と美の理想を孕《はら》んだ詩篇を書き上げた。」

龍之介とゲーテ

芥川龍之介についてはすでに第Ⅰ章で述べた。そして、「森鷗外や木下杢太郎がゲーテ通であったことはよく知られているが、作家的直観による内面的深さという点において龍之介のほうが上ではなかったかという感じを、私はひそかに抱いている。」と書いた。その点についてここに若干の補足を加えておきたい。

死を目前にした龍之介の脳裡にはつねにゲーテの姿がちらついていた。彼は『西方の人』のなかで「聖霊」について次のように語っている。

「我々は風や旗の中《うち》にも多少の聖霊を感じるであらう。聖霊は必ずしも『聖なるもの』ではない。唯『永遠に超えんとするもの』である。ゲエテはいつも聖霊に Daemon《デーモン》 の名を与えていた。のみならずいつもこの聖霊に捉はれないやうに警戒してゐた。が、聖霊の子供たちは――あらゆるクリストたちは聖霊の為にいつか捉はれる危険を持つてゐる。聖霊は悪魔や天使ではない。勿論、神とも異るものである。我々は時々善悪の彼岸に精霊の歩いてゐるのを見るであらう。善悪の彼岸に――」

作家を動かす究極的な力を龍之介は聖霊と名づけた。それは、「永遠に超えんとするもの」である。善悪の彼岸にあるその力、その力によって表現されたものこそ、真実な作品なのである。龍之介はゲーテにその力を見た。それが「あらゆる善悪の彼岸に悠々と立つているゲエテ」だったのである。デーモンに捉えられ、焼きつくされるものは、滅び去る。デーモンとたたかい、そこに永遠に超えんとするものを描きだすひと、それが真実な作家である。龍之介の言う純粋な作家なのである。

作家の価値は一つに「聖霊の子供」であるかないか、にかかっている。藤村に「いはゆる『世紀末の悪魔』にさいなまれた」と評された龍之介が、およそその概念とは正反対な、明るい、健康なゲーテを仰ぎ見たのは、そこに、デーモンの力とたたかいつづけた「聖霊の子供」を見たからにほかならない。死の瀬戸際に立って、衰えた肉体に鞭打ちながら、あかず文学論に熱情をそそいだ龍之介のあり方こそ、「永遠に超えんとするもの」に憑《つ》かれた作家の姿ではなかったか。彼はゲーテについて次のように語っている。

「ゲエテは『徐《おもむ》ろに老いるよりもさつさと地獄へ行きたい』と願つたりした。が、徐ろに老いて行つた上、ストリントベリイの言つたやうに晩年には神秘主義者になつたりした。聖霊はこの詩人の中《うち》にマリアと吊り合ひを取つて住まつてゐる。彼の『大いなる異教徒』の名は必ずしも当つてゐないことはない。彼は実に人生の上にはクリストよりも更に大きかつた。況《いわ》んや他のクリストたちよりも大きかつたことは勿論である。彼の誕生を知らせる星はクリストの誕生を知らせる星よりも円《まる》まるとかがやいてゐたことであらう。しかし我々のゲエテを愛するのはマリアの子供だつた為ではない。マリアの子供たちは麦畠の中や長椅子の上にも充満してゐる。いや、兵営や工場や監獄の中にも多いことであらう。我々のゲエテを愛するのは唯聖霊の子供だつた為である。」

人生と文学とのかかわりあいにおいて、龍之介はゲーテを、「最大の多力者」と信じていた。

芥川龍之介

谷崎とゲーテ

谷崎潤一郎はフェミニストであった。彼は感想集『雪後庵夜話』のなかで、みずからの女性観を永井荷風のそれと比較しながら次のように語っている。

「対女性の態度でも先生とは行き方を異にしていた。私はフェミニストであるが、先生はさうではない。私は恋愛に関しては庶物崇拝教徒であり、ファナチックであり、ラヂカルで生一本であるが、先生はさうではない。先生は女性を自分以下に見下し、彼女等を玩弄物《がんろうぶつ》視する風があるが、私はそれに堪へられない。私は女を自分より上のものとして見る。自分の方から女を仰ぎ見る。それに値ひする相手でなければ女とは思はない。」

彼は女性礼讃者である。その点、ゲーテとじつによく似ている。ゲーテと言えば誰でも「永遠の女性」を想いだす。グレートヒェンに嬰児殺しの罪を犯させて獄死させたファウストは、のちにヘレナと浮名をながし、ながい苦難の末昇天する。その霊を導いてゆくのがグレートヒェンの霊、つまり「永遠の女性」である。キリスト教の基盤のない日本の作家にこのような「永遠の女性」を求めるのは不可能である。だが、霊肉一如のかなたに佐助が「来迎仏《らいごうぶつ》」をおがむ『春琴抄』の結末などは、フェミニスト潤一郎のなかに「永遠の女性」的な要素があることを物語っている。

ゲーテも潤一郎も女性好きで、明るい。ふたりとも文章がのびのびとして一種のゆたかなリズムを持っている。こういう資性の一致が潤一郎をしておのずからゲーテ好きにし、彼を高く評価させているのである。

昭和の初め、谷崎と芥川がゲーテ論争でわたりあったことがある。両者の議論はけっきょく、ゲーテが包容力のある、純粋な作家である、という点で一致した。ともあれ、谷崎潤一郎の次の一文は、ゲーテの特徴をたくみに捉えた作家的な感想である。

「いったい独逸文学は思想の重みが勝ちすぎて柔みが乏しく、何処か窮屈なトゲトゲしい気持があるので、どうも私には肌に合はないが、ひとりゲエテにはその風がない。真に悠々たる大河の如く、入江となり、奔湍《ほんたん》となり、深淵となり、湖水となりして、千変万化しながらも、全体としては極めてゆるやかに、のんびりと流れつゝある。その文章は秋霜烈日の気を裏に蔵しつゝ、春風駘蕩《たいとう》たる雅致を以て外を包んでゐる。紅葉山人のようなのどかさと流麗さがあつて、而《しか》もストリントベルクの如き鋭さと激しさとを底に隠してゐるのである。バルザックは圧倒的であるけれども幾分鬼面人を喝《かつ》するやうな気味合ひがあり、ドストイエフスキーは深刻であるけれども焦燥の嫌ひが多分にある。たゞゲエテのみは焦らず騒がず、天の成せる麗質をそのまゝそこへ投げ出して、森厳な容貌に微笑を湛《たた》へてゐるやうである。品格に於いてはトルストイと雖《いへども》到底及ばない。われ〳〵の如き群小の徒は大山岳に打つかつた如く、筆を投じて浩嘆《こうたん》之を久しうするばかりである。」

人間的なゆたかさを学ぶ

長与《ながよ》善郎《よしろう》は異色ある小説家、劇作家として大正、昭和期に活躍した。彼はゲーテの作品と人間に深い関心を寄せ、ゲーテに関する著述を多く愛読した。彼の滋味あふれる教養小説にはゲーテの影響があるという。

山本有三はドイツ文学を学んだ作家であった。青年時代には戯曲に精力をそそいだが、中年期からは小説も書くようになった。彼の小説にはドイツ教養小説の色彩がこくあらわれているが、そのなかにおのずからゲーテの影響があるのは、いなめない。

堀辰雄は芥川がそうであったように、体質的にはゲーテとは縁遠い作家であった。彼がリルケに惹かれ、リルケの詩をたくさん訳し、リルケに関する評論を多く書いたのは、すなおに理解できる。しかし、彼もまたゲーテの愛読者であった。鷗外訳の『ファウスト』や鷗外の『ゲーテ伝』を愛読し、ゲーテの詩を好んだ。彼のエッセイ『ゲエテの〈冬のハルツに旅す〉』は次のようにしめくくられている。

「私は病牀にあって、この僅か十一節よりなる詩を読了するのに殆んど半日を費してしまった。しかし、けふはこの頃になくいかにも赫《かが》かしい、充実したやうな日のやうにおもへる。もう一度、ブラアムスのアルト・ラプソディを聴きたいのも我慢しなければならないほど疲れてゐるが、それすら生の充足からくる疲のやうに心愉しいものがある。」

亀井勝一郎は本格的にゲーテを読み、深くその影響をうけた。『我が精神の遍歴』のなかの『人間教育』には、ゆたかなゲーテ論が展開されている。『疾風怒濤時代』『古典美への誘惑』『イタリアへの旅』『奈良の秋にローマ哀歌を憶ふ』『美しきヘレナ』などは、そのまま勝一郎の眼をとおして描かれたゲーテの生涯であり、彼の独自なゲーテ観でもある。ここには『ゲッツ』、『ヴェルター』、『ファウスト』などが情熱的に論じられ、ゲーテにおける精神的な種々の問題が多彩な視点から取り扱われている。

最近ではゲーテの『ヴィルヘルム・マイスターの修業時代』を雑誌「学鐙」に詳述連載したあと、まもなく急逝した新進作家、柏原兵三のことを想いだす。

ゲーテは日本の文壇にどのような影響を与えたのか、一言ではつくしがたいが、やはり、人間的なゆたかさをあらためて知らせてくれた点にあったのではないか。なるほど『ファウスト』については、透谷、藤村、鷗外（『玉篋《たまくしげ》両浦嶼《ふたりうらしま》』）、百三のように直接作品のなかに影響をうけた例もあるが、全体としては、彼のかぎりない人間の広さ、深さを、作家達が学びとったのではないか。夏目漱石は、後年血液学と老人病の権威となった勝沼精蔵に向かって、「若いうちに専門外の広い知識をたくわえておいた方が将来のためになる。パスツールやゲーテの全集を読んではどうか」と、すすめた。勝沼は漱石の言葉に従ってゲーテを読み、そこから、「修学の継続」ということを学びとった。英文学者漱石も、ゲーテについてそのかんどころを的確につかんでいたのである。漱石のこのすすめは、藤村が『桜の実の熟する時』の主人公捨吉に語らしめた次の言葉を想いださせる。

「彼はまた、詩人ギョエテの書いたものを通して、まだ知らなかったやうな大きな世界のあることを想像し始めた。」

こころある作家達は、この「大きな世界」を感じとったのである。

東京ゲーテ記念館

日本人の中に生きるゲーテ

終戦後日本はアメリカに占領され、一時ドイツ語教育が廃止されようとしたことがあった。が、そうならなくてすんだのは、日本の文化にとって幸いであった。そのころの文部大臣であった安倍能成、天野貞祐等の哲学者は、カントやゲーテの世界にふれるだけでもドイツ語を学ぶ意義のあることを強調した。また、社会党員でただ一人総理大臣となった片山哲は、終戦後初の議会で演説し、カントやゲーテに言及しながら平和新憲法の誕生を心から訴えた。今の議会ではとても考えられない格調の高さであった。

歴史的な重大転換期にあたって、ゲーテの理念はこのように日本のなかでも生きていたのである。ひとり、当路の人達のあいだばかりでなく、庶民のあいだにも広くゲーテは生きつづけた。戦場へたずさえていった一冊の『ファウスト』の原書を、ラボールの前線で度重なる空襲のあいだも手ばなさず、ぼろぼろになった表紙を背嚢の革で修復し、長い穴居生活から守りつづけて持ち帰った一軍医。北京の古本屋で見つけた『ゲーテ研究』(茅野蕭々著)を戦地で愛読し、帰還のせつも後生大事に守りつづけてきた一兵士。若いころからゲーテの『ヘルマンとドロテア』が好きで、ついに十数万円を投じて原書の初版本を手に入れてひそかに悦んでいる、信州の一民宿の老主人。数えだしたら、きりがない。日本人のあいだにゲーテは生きつづけて来たのである。なぜ、そんなにゲーテは日本人に好かれるのであろうか。

人間の姿をありのままに描きながら、そこによろこびと救いを求めようとするゲーテの芸術と人となりが、日本人になじみ易い本質を持っているのかも知れない。煩悩《ぼんのう》即浄土というか、闇と光のなかをつまずいて生きながら、そこによろこびのある人生。とくべつ大上段にかまえる理念や思想がたてまえとなっていない文学。それでいて、宗教も、倫理も、芸術も、おのずから深く問われている世界。そういうところが日本人の肌にあっているのであろう。本章の主題である「東京ゲーテ記念館」は、このような日本のゲーテ的風土の上に咲きいでた大輪の花である。

東京ゲーテ記念館全景

世界に例のない
ゲーテ文庫

世界にも例のない厖大なゲーテ文献が、日本の市井の一実業家の手によって蒐《しゅう》集《しゅう》されていると言ったら、人は容易に信用するであろうか。そしてやがて、こう思うだろう。ありあまる金の使い途に困って、道楽がここまで昻じたのであろうと。だが、その実際を目《ま》のあたりに見た人は、思わず襟を正すにちがいない。

財団法人「東京ゲーテ記念館」は東京都北区西ヶ原二丁目三〇番地一号（〒一一四）にある。道順はＪＲ京浜東北線王子駅下車、徒歩八分。または、ＪＲ山手線駒込駅下車、都営バス王子駅行に乗車、「一里塚東京ゲーテ記念館前」で下車する。

「東京ゲーテ記念館」は、一一五〇平方メートル（三五〇坪）の敷地に一八世紀ドイツ建築の様式にならった地下一階、地上三階の、古典的な建物である。かつてヴィンケルマン（Johann Joachim Winckelmann 1717〜68）は、古代ギリシア芸術の本質を「高貴な簡素と静かな偉大」（edle Einfalt und stille Größe）と評したが、その言葉を想起させるような、気品ある静かな白亜《はくあ》の殿堂である。正面入口の上にはゲーテ家の紋章が輝いている。

地下一階は、第三書庫、機械室、倉庫など。地上一階は、事務室、エントランスホール、展示ホール、応接室、閲覧室、館長室など。玄関を入ると、そこが三階までつきぬけた天井の高いエントランスホールとなっている。その正面のつきあたりには木彫のゲーテの胸像（多田瑞穂作）が飾られてある。右手の壁面に高く、活字体のドイツ語で『ファウスト』末尾の有名な八行の詩句が浮彫にされ、その下に縦書で森林太郎の訳が描き出されている。バランスのとれた心憎いアイディアである。

展示ホールには時おりめずらしいゲーテ文献が展示される。ある時は、『若きヴェルターの悲しみ』

東京ゲーテ記念館展示ホール

についての、明治以来のすべての訳本はむろんのこと、世界中の珍本が紹介される。また、ある時は『ファウスト』が展示される。これにはドイツの歴史的な珍本がずらりと並ぶ。その中には一九世紀末ロシアの貴族がつくったロシア語の超豪華本もまじっている。これは世界に唯一冊しかないという稀覯本《きこうぼん》中の稀覯本である。美術本ほど大型の、装釘も極美の皮革。一流の画家の描いた挿絵がたくさん入っている。この稀覯本がどうして「東京ゲーテ記念館」に入ったのか、その経緯については今世紀中は明かすわけにはいかない、と館長は語っていた。

時にはまた、全くちがった趣向の展示が行われる。例えば、昭和四〇年九月、千田是也演出の『ファウスト』が公演されたが、その完全資料が展示される。台本（テキスト、原稿、未使用のもの、主役使用分サイン入）、スタッフ写真、俳優写真、衣裳デザイン、照明関係、小道具関係、舞台設計図から、千田是也が屑籠にすてたメモにいたるまで、千年後の保全を期して蔵されているのである。

閲覧室は、研究のため来館した人達のため開放されている。

二階は第一書庫と会議室。会議室は小講演の会場としても使用される。

三階には、第二書庫、応接室等がある。

記念館の開館時間は一〇時から一七時。休館日は、日曜日、月曜日、祝祭日。入館料は無料。

「東京ゲーテ記念館」の周辺には、往年の想い出につながる由緒ある場所が多い。江戸時代から桜の名所として名高い飛鳥山公園。渋沢栄一がアメリカのグラント大統領らを招いて民間外交をくりひろげた居邸の旧渋沢庭園（渋沢資料館）。北区内にただ一つ残る岩槻街道の西ヶ原一里塚（国指定史跡）。陸奥宗光旧邸で和洋庭園が美しく調和している旧古河庭園。源義家をまつる豊島一族ゆかりの平塚神社など。ちょっと足をのばすと、王子の「お稲荷さん」王子神社も、名主の滝もある。

「東京ゲーテ記念館」は、最初、後述のように、昭和三九（一九六四）年東京渋谷の道玄坂上に建てられたのであるが、あらかじめ購入していた敷地がオリンピック道路拡張のため大きく削りとられたこともあって、資料の増大とともに、二十数年後には手狭となり、北区に現在の地を求めて新築移転し、昭和六三（一九八八）年四月三日開館の運びとなったのである。

「東京ゲーテ記念館」の館長は粉川《こがわ》忠氏であった。粉川忠という一個の人格をとおして、この文庫は発足し、発展してきたのである。が、粉川さんは、平成元（一九八九）年七月一七日、八二歳の生涯を閉じた。現在は、子息粉川哲夫氏が二代目館長として、父の遺志を継承している。

戦前には、主として国内単行本、雑誌等に主力が注がれ、余力が洋書にふり向けられた。粉川さんは戦争中、ヴァイマル全集をはじめ、貴重な多くの本を疎開のため郷里の水戸在へ送った。が、水戸空襲の夜それらはあわや貨車のなかで灰になろうとしたところを、水戸連隊の兵隊たちのおかげで命拾いをしたことがあった。焼けてしまったら、今日ではもはや手に入らない貴重本が幾冊もあったのである。

戦後は、海外文献の蒐集も積極的に始められた。範囲は広くヨーロッパ、アジア、アメリカ等に及んでいる。海外と直接契約が結ばれていて、洋書類は自動的に購入できるしくみになっている。単行本のほか、新聞、雑誌等に発表されたゲーテ関係の記事は、すべて送られてくる。そのため、粉川さんは海外三四か国の一四六〇の出版社や新聞社と契約を結んでいる。東西ドイツだけで、じつに九二二の新聞社や雑誌社と契約が結ばれている。それらの国名を左にかかげてみよう。

ドイツ、イギリス、フランス、スイス、イタリア、ハンガリー、オーストリア、ポーランド、スウェーデン、ルクセンブルク、ブルガリア、オランダ、ベルギー、ソヴィエト、トルコ、イスラエル、アルジェリア、オーストラリア、カナダ、アメリカ合衆国、メキシコ、コスタリカ、ニカラグア、エクアドル、チリ、アルゼンチン、コロンビア、中国、フィリピン、マレーシア、シンガポール、インドネシア、ニュージーランド、オセアニア諸国。

国内資料については、完璧という言葉が文字どおりあてはまるほどあらゆるものが集められている。例えば単行本については、一般書、限定本、非売本、私家版、その他単行本と称する一切のもの。雑誌については、一般誌（週刊、月刊、季刊）、紀要、学会誌、同人誌、校内誌、社内誌、PR誌等。新聞については、日刊一二〇紙、学校新聞、機関紙、出版案内紙等と契約が結ばれていて、ゲーテに関する記事がすべて自動的に入ってくる。その他、演劇、音楽会、講演会、祭典、展覧会、新規出版の時、読書会、史跡、切手、テレビ、ラジオ、映画、広告欄、ゲーテ体験等の諸項目にわたって完全な蒐集が行われている。

独自の分類法

毎日各方面から集まってくる文献の整理が、また大きな難題である。現在日本全国の図書館で使用しているNDC、即ち日本十進分類法でゲーテ文献を整理すると、その項目の半分が使えなくなる。そこで、粉川さんはNDCの開発者でわが国図書館界の草分けともいうべき間宮富士雄翁を訪ね、その忠告に従って、ゲーテに一〇〇％適応できる十進分類法の開発にとりかかった。昭和二八年から一五年間、改良を重ねて、ついに独自なゲーテ十進分類法を完成した。間宮翁をして感嘆せしめたこの分類法は、精細かつ正確で、現在では世界一の評がある。かつてここを訪れた国会図書館顧問森清氏は、「このように精細なカードを作ったら国会図書館の費用がたりなくなる」と、語ったという。

例えば、『ゲーテ西東詩集』（世界名詩集五、平凡社）という一冊の本にたいして、著者名、訳者名、書名、副書名、発行所、出版年月日、件名、分類、整理番号、受入番号、挿絵、本の形態、版次等

東京ゲーテ記念館のゲーテ全集

一三の項目から引けるように、五一四枚のカードがつくられている。こうして作成されたカードは昭和六三（一九八八）年一一月現在で、じつに一六〇万枚に達している。

現時点の蔵書内容は、単行本五万、雑誌二万、その他の資料一五万点である。ドイツ語のゲーテ全集だけで七八種類、ほかに数種の著作集がある。生前ゲーテ自身が手がけた四種類の全集も完全にそろっている。これだけゲーテの全集がそろっている図書館は、ドイツにもそうざらにはない。ゲーテの作品についても、世界中の稀《き》覯《こう》本が集められている。これほどのゲーテ文献が集められているところは、世界のどこにもない。なるほど、ヴァイマル文庫は世界一のゲーテ文庫である。原稿、日記、手紙、絵画、貴重なものがみなそろっているからである。文豪が半世紀以上も住みついた場であるから、当然と言わねばならない。また、個人の蒐集としては、元インゼル書店主アントン＝キッペンベルクのゲーテ文庫も著名である。だが、東洋の一角にあって原稿や書簡類を多く集めるのは、全く不可能である。粉川文庫も、その領域への夢を追うているわけではない。この文庫には、おのずから、この文庫独自な特色と存在価値がある。

ところで、これほどまでにゲーテ文献蒐集に執心する粉川さんとは、いったい、どのような経歴を持つ人であるのか、何がきっかけで、いつごろからゲーテ文献の蒐集を始めたのか。また、粉川さんは、どのような人生観や人間観を持っているのか。そして彼の生き方には、ゲーテの人や思想と内面的にどのような脈絡があるのか。それらについて語ることは、とりもなおさず、広く人間のなかにしみとおっているゲーテの姿を描くことではなかろうか。

『ファウスト』とのめぐり逢い

粉川さんは明治四〇（一九〇七）年六月一九日、水戸郊外山根村大字開江《ひらくえ》（現在の水戸市開江）に生まれた。父は村長であった。四人兄弟の長男。弟が三人いた。

粉川さんは大正一二（一九二三）年茨城師範に入学した。関東大震災の年である。父は長男が兵隊にとられたり、就職して他国へいってしまうのを恐れた。師範学校に入れて村の先生に呼びもどし、老人ばかりの教員と入れかえ、ゆくゆくは息子を村長にしたいというのが、父の願いであった。

師範学校は全寮制度である。二年生になった時（大正一三年）、新学期からからだの調子がよくなかった。ある日、同室者がみな外出したあとひとりで引きこもっていると、大久保という早大生が見舞いにきた。彼は粉川少年が英会話を習っていたイギリスの宣教師ニコルソンさんが、あまり休んでいるので、心配して様子を見によこした使いであった。早大生は帰るとき、「これを読め！」と言って、一冊の小型の本を与えていった。それは森鷗外訳の『ファウスト』であった。粉川さんは、ここで、初めてゲーテにめぐり逢ったのである。

その時の、周囲の精神的環境がよかった。上級生の酒井室長がその本を見てまず目をかがやかせた。「この本はおれも読んだ！　もう一度読んでみたい。」彼の友人、大野寮長も仲間に加わった。検定で旧制高等学校教師の資格を得た篤学の人、心理の今宮先生がその二人の上級生を激励した。酒井室長は、粉川少年にはっぱをかけた。

「注釈にだけに頼るな、ゲーテそのものになじめ！」そう言って彼は、戸外での音読をすすめた。「雨が降ったら、傘をさして読め！」とも言った。

こうして粉川少年は、城あとの広場に出て、三か月も素読をつづけた。あまり毎日大声を出しつづけたので、広場の向こうにある小山田家へおわびにいった。すると、奥さんが出てきて言った。

「ちっとも迷惑ではありませんよ。そんなに『ファウスト』がお好きなら、主人の持っている絵入りの本をお目にかけましょう。」

奥さんは挿絵のたくさんある『ファウスト』の原書を見せてくれた。粉川少年はすっかり感激した。

啓示の予感

三年生になった。ある時、母校出身の峯間信吉教授が講演にやってきた。彼は当時東京商科大学予科の先生であった。専門は漢文学であったが、造詣のゆたかな学者であった。講演中、彼は言った。

「わたしの今日あるは、ゲーテを知ったからだ。ゲーテによって開眼したからだ。」

この言葉は、粉川少年の胸をつきさした。「どうしても、先生に会いたい！」矢も楯もたまらず、教頭にたのみ込んで、講演のあとくつろいでいる先生に会わせてもらった。

「きみはゲーテが好きなのですか。僕はゲーテが好きでね、師範を卒業しそこなった。」

「なぜ、ゲーテをおやりにならなかったのですか。」

「事情がいろいろあってね、途中で断ちきられてしまった。」

「ゲーテは、生涯やっても、悔いにならぬものですか。」

「今、僕がきみだったら、僕はやるね！」

その後、粉川少年は教頭に呼び出された。

「あんなにゲーテが好きな子がどうしてここへ入って来たのか、と峯間先生が言っておられた。きみ、ほんとうにやるとすれば、学校をやめて、高等学校、東大のコースをやり直さねばならぬ。

が、しかし、中途転向は無理だろう。老学生になってしまうからな。」

粉川少年は考えた。「師範は語学がよわい。二〇ちかくになって英語をやり直しているようでは、高等学校への入学はおぼつかない。退学して負け犬になるのは、いやだ。」彼は師範での勉学の継続を選んだ。そして昭和二（一九二七）年、首席で卒業した。二〇歳になった。だが、粉川さんには、先生になる気は全くなかった。ゲーテが彼の心を捉えている。いつか自分はゲーテについてすばらしい啓示をうける時が来る、という予感がしていたのである。

卒業すると父に心中を打ちあけた。父は話のわかる人であった。一言の文句も言わなかった。翌日、父は県庁を訪ね、息子の小学校からの退職を願い出た。が、五年間の義務年限があって不可能なことがわかった。次の日、父子は再び県庁に赴いて、談判を重ねた。談判は、決裂した。父はついに多額の弁償金を払って、息子を義務から解放してくれた。その後父は、子供たちをそばにおこうという親バカな方針をすててしまった。三人の弟たちは、それぞれ高等学校から東大へのコースを進んだ。兄のレジスタンスのおかげである。

卒業後、しばらく、郷里と東京のあいだを往復する。王子に話のわかる伯父（母の姉の夫）がいたからである。ある時友人から「ゲーテの名が初めて日本に紹介されたのはいつか」と問われて、答えられない。上野図書館で三か月もかかってやっと調べる。明治四（一八七一）年、中村敬太郎訳『自由の理』（J.S.Mill:"On Liberty",1859）のなかに、「日耳曼《シエルマン》ニ於テグーテフイシテノ説出テ……」

とあるのが、それだった！

その日は、昭和三（一九二八）年一一月三〇日であった。うれしくてじっとしておれない。一種の啓示をうけたのだ。少年のころ見学した彰考館文庫のようなゲーテ図書館をつくろう！　その日の夜行列車で郷里へかえる。一時も早く父に話して資金を出して貰おうという気持ちが、抑えられなかったのだ。

上京と木村教授との出あい

父の目には、とりとめもない息子の夢と映った。突飛で、雲をつかむような話には、金は出せない。が、若い息子はいちずである。何くそ、やりとげて見せる。こうなったら、故郷を捨てるしかない。上京を決意する。夜行列車のなかで、「あくまで独力でなせ、人に頼るな」と、誓う。嚢中《のうちゅう》の二円五〇銭も窓外にすててしまった。文字どおり、背水の陣である。さて、無一文の青年を、東京の町はいったいどのようにして迎えたのであろうか。

粉川さんは上野の山で親切に話しかけてくれた老人の家に泊めてもらった。この人は下谷万年町の貧民窟で人足の手配師をしていた丸徳さんという人であった。ここで、半年以上も世話になる。毎日、引っ越しや運搬の手伝いをする。村の素封家《そほうか》の息子がルンペンになったのである。丸徳さんは、人間や社会を見る目を教えてくれた。昭和四（一九二九）年七月、彼は積んでおいた賃銀を粉川さんに渡しながら言った。

「この金を持って、あんたはここを出なさい。こういう生活になじんでしまうと、しまいに、足が洗えなくなる。」

その後、ふとした縁から、同郷の機械屋さんと知り合い、その助言で王子の百姓屋敷の納屋をかり、味噌醸造機の制作を始める。仕事の始まったところに、兵役の義務がやってきた。粉川さんは昭和四年一二月に入隊、五（一九三〇）年一一月に除隊した。軍隊では、幸いにもドイツ語を学ぶ機会にめぐまれた。

除隊後、家業に打ち込む。セールスに苦心惨澹《さんたん》する。次第に信用ができ、徐々に商売が手広くなってゆく。やがて、全国に売り歩くようになる。そのかたわら全国の古本屋回りをして、ゲーテ文献を集めた。その軒数は現在までじつに五〇〇〇軒にのぼっている。粉川さん所有の大きな日本地図には、その印が克明に残されている。噂をきけば地方の素封家の倉までも訪れている。五島列島や種子島にまで足跡がのびているのはさることながら、越後生まれの私がまだ一度もその名をきいたこともない新道、田尻、保倉、吉川などという越後の町村にまで丸印がしるされているのには、驚くほかはない。昭和五年の暮、発足当時のゲーテ文献の数はわずか三五冊にすぎなかったのだが。

昭和一五（一九四〇）年のある日、粉川さんは機械工学の文献を探すため、本郷のドイツ図書専門店、福本書院に出かけた。店頭ではからずも一人の老紳士と言葉をかわした。この紳士はゲーテ研究家として令名の高かった東大教授木村謹治博士であった。その日のめぐり逢いが縁となって二人でエッカーマンの『ゲーテとの対話』を読むようになった。土曜日の午後、先生みずから粉川さんのところへ出かけたのである。この奇妙な、無報酬の個人指導は、昭和二〇（一九四五）年の八月までつづいた。粉川さんは予定の個所を四苦八苦で予習した。爆弾がふるようになってからは、先生は頭巾と鉄かぶとをしょってやってきた。たった一度、爆撃のため王子方面の交通が杜絶《とぜつ》した時以外は、先生は一度も休まなかった。

木村教授との出会いは、粉川さんの生涯における一つの大事件であった。それは、粉川さんの夢と行動に、明確な方向といっそうのはげみを与えた。危険な空襲下を毎日粉川さんは四時間も自転車でゲーテ文献を買い集めた。数回も負傷したほどであった。

木村教授は昭和二三（一九四八）年一月急逝《きゅうせい》した。粉川さんにとって、大きな打撃であった。彼自身もその直後大患に倒れ、数十日間、療養生活を送った。そのどさくさで木村先生の蔵書をゆずりうける機会を失ったことは、粉川さんにとって一大痛恨事であった。

最初の記念館竣工

昭和二四（一九四九）年、ゲーテ生誕二〇〇年祭を記念して、粉川さんは財団法人をつくった。個人の恣意による文献の四散を防ぎ、永久に役立てようとする意図からであった。家業を育て、文献蒐集に全力がささげられた。こうして、昭和三九（一九六四）年、最初の「東京ゲーテ記念館」が渋谷道玄坂上に竣工したのである。当時の金で一億二〇

○○万の巨費が投じられた。すべて、額に汗した金である。
粉川さんは醸造機械を製作し、全国に販売する会社の社主であった。会社の利益はおしみなくゲーテ文献蒐集のために支出された。社員には定期昇給があっても、社長自身の月給は低く抑えたまま、昇給も認めない。社長夫妻は質素な生活に徹していた。粉川さんには「自戒九行」という生活信条があった。

一、総て自力でなせ。
二、他からの経済援助を受けるな。
三、自由を守るため人の世話になるな。
四、私財の保持を許さず。
五、娯楽を去れ。
六、自己育成は事業を通してなせ。
七、行動は太陽の如く堂々と独り行け。
八、死の直前まで働け。
九、勝負は生涯になさず二一世紀に任せよ。

粉川さんは、身につけている衣服以外私財というものを殆んど持っていなかった。カトリックの神父さんのようである。粉川個人は貧しいから、都から老人用の無料パスが来たほどである。事業のためにも、銀行から金を借りたことがない。文献蒐集の補助金を貰う手があるとすすめてくれる人もいたが、それを利用したこともない。愚直だと言って人は笑うかも知れないが、それが粉川さんの信条である。

粉川夫妻は昭和九（一九三四）年に結婚以来、二人が旅行したことは一度もなかった。映画も、芝居も、野球も、一回も見にいったことがなかった。家業と文献集めのため、全くひまがなかったのである。記念館が出来あがった後のある日曜日、二人だけで静かな開所式をやった。

「ながいあいだ助けてもらって、ようやくここまで漕ぎつけた。ありがとう。」

「二人が健康でここまでこられて、ほんとによかったですね。」

イスに腰をおろした夫妻はこういう会話をかわしたあと、つれ立って館内を歩きまわった。つねに粉川さんの心の支えであったキヌヨ夫人は、粉川さんの死の一〇日前帰らぬ人となった。

書庫における粉川夫妻

ゲーテの真髄に生きる

粉川夫妻の生き方は、二人の周囲に働く人びとに大きな感銘を与えてきた。言わば会社ぐるみでゲーテ文献の蒐集が行われているようなものだった。他社から高給で誘われても、去っていく社員は一人もいない。飛田《とびた》はる江さんは一五の年、「二〇すぎ良縁があったら粉川家で仕度して嫁がせる」という約束で、粉川家へ家事手伝いにやってきた。年ごろになって良縁と思われる話があっても、彼女はけっして受けようとしなかった。四〇歳を越えた今も、家事と雑事に専念している。結婚するよりも二人のそばにあって手伝う方が自分の使命であると、確信しているからである。俸給も望まず、夫妻の死後のことについても一言も述べたことがない。このような人間的つながりのみが、この目に見えない大事業を可能にしてきたのである。

粉川さんの日常は、規則正しく、かつ、多忙をきわめた。午前一時に寝て、五時には起きる。睡眠時間は、ナポレオンや鷗外なみである。それから、体操して掃除をする。毎朝早く顔をあわす通行人は、粉川さんをひどく酷使されているビルの管理人だと思い、同情の言葉をかけながら挨拶していく。

粉川さんは無欲である。父の遺産ももらわなかった。彼の探書行は全国に及んでいるが、その途上、数十年来浅草の山谷をも訪れて、多くの人たちと親しくなった。「びっこの虎とか、仙台の常とか、どれを見ても神様でさえお忘れになられた御仁ではないかと思われる連中ばかりで！」と、彼は手記のなかにしるしている。「貧は内よりのかがやきである」とリルケはうたったが、粉川さんも彼らのなかに神を見ているのだ。「私はよく彼等に〈神〉という言葉を使う。それは故意でなく、自然に口をついて出る。しかし、おかしなことに私は神を全く知らぬ」とも、その手記にはしるされている。
粉川さんに会っていると、なんとなく聖僧に会っているような気になる。全く、てらいがないからである。やたらに神や仏をくりかえす坊さんより、よっぽど気持ちがよい。粉川さんは一篇のゲーテ論を書いたわけではない。だが、むずかしいゲーテ論を書く学者たちよりも、ゲーテの生き方を地でいっているのではなかろうか。ゲーテはうたっている。

身を捨てることこそ　悦楽である

みずからに私財の保持をゆるさず、娯楽を認めない粉川さんは、そこに、無限のゆたかさ、ゲーテの言う「悦楽」を感じているのだ。また、ゲーテはうたった。

死して　そして生きよ

「死の直前まで働け、勝負は生涯になさず」という粉川さんの無償の生き方は、ゲーテの人生観の真髄をおのずから体感した人のようにさえ思われる。
粉川さんはただの蒐集マニアではない。本質は、詩人である。そのかくれた生き方にはかぎりない深さがある。斎藤茂吉は「山ふかき落葉のなかに光り居る寂しきみづをわれは見にけり」と歌ったが、その個に徹した寂しき水が粉川さんなのだ。彼は自分から陽あたりのいいところへはけっしてゆこうとはしなかった。それが粉川さんの生き方であった。しかし晩年、彼の仕事の真価はおのずから溢れる泉のように、広く世界の人々の注目をあびるようになった。西ドイツ大統領は昭和六三（一九八八）年二月、粉川さんに「ドイツ連邦共和国功労勲章一等功労十字章」という最高栄誉章を贈った。また、粉川さんは、平成元（一九八九）年四月、吉川英治文化賞を、五月に、水戸市文化栄誉章を受けた。勲章は本来粉川さんの心とは縁遠いものであるが、それが、おのずからな形となったところに意味がある。粉川さんの仕事は時がたつとともに、いっそう多くの人々に恩恵を与えるにちがいない。現在も「東京ゲーテ記念館」を訪れる内外の識者は跡をたたない。

あとがき

本書を書きおわったあと、私には、ゲーテと現代の関係がいっそう深く感じられるようになった。このままでは、ひょっとすると人間は滅びるかも知れない。ほんとうに、そう思うことさえある。アメリカもソ連も核兵器を競争でつくり、せっせと配備している。それを、誰もとめることができない。ソ連のSS二〇ミサイルは在日米軍基地をも目標にしている、と米誌は報道している。この移動型ミサイルは広島型原爆の約三〇倍の破壊力を持つ核弾頭を三つも備えているという。核兵器は何もアメリカやソ連にかぎられているわけではない。イスラエルがイラクの原子炉を爆撃したニュースも、まだ耳新しい。世界中、核兵器はふえる一方である。どの国も核は抑止力だといっているが、その保証はどこにもない。いつ、どこで、どんなことが起こらないともかぎらない。

現代の不安は核兵器ばかりではない。近ごろは、生命技術（バイオテクノロジー）が進歩して、別の方面からも人類は脅かされている。遺伝子をつくっているDNAの塩基配列の謎が解明されたので、同じ人間がいくらでもつくれる可能性が出てきたのである。それに人造内臓の開発がすすむと、文字どおり、人為的な永遠の生命ができることになるという。生命科学は、残された最後の砦《とりで》に突入しようとしている。近い将来、各国は競って「優秀人間」をつくるようになるかも知れない。そういう危険はけっしてないという保証がありうるであろうか。もちろん、そうなれば、もうおしまいになることはわかりきっているが、核の廃絶さえままならぬ人間が、はたして、たがいに自制できるものであろうか。

人間がデーモンのはびこるままに従えば、やがて、滅びるにちがいない。デーモンの力を抑制するのは、人間のエゴを抑えることにほかならない。言い易い言葉ではあるが、実行は容易ではない。ゲーテの辿りついた文学の世界は、人間のエゴを抑え、社会の幸せのために働く人びとの姿を描くことだった。彼は晩年エッカーマンに語っている。「大事なことは自分を抑制することだ。もしわたしが、自己抑制を忘れて思うままにふるまったとしたら、自分自身はおろか、周囲の人びとまで、破滅におとしいれるようなものが、わたしの中にあったであろう。」彼は人間の本質を見ぬいていた。

ゲーテは自然の無限のいとなみのなかに神の摂理を感じとった。人がゲーテの神を認めるかどうかは別として、人類の存在するかぎり、ゲーテのうたった『神と世界』の関係は消え去ることはない。知力によってのみ世界を支配しようとする人間の傲慢《ごうまん》は、かならずみずからの破滅を招くのである。ゲーテの文学はくりかえしこの真理を語っている。

ゲーテは初めて世界文学を提唱した人である。せまいドイツ的なものを心から憎んだ。真にドイツ的なものならば、かならず他の国の人びとからも理解されるにちがいない、と主張した。文学に国境はない。どの国の文学であっても、人の真情に訴えるものは、その国の文学であると同時に他国の人びととの文学でもありうるのである。

現在の世界は、政治や経済や科学に支配されている。だが、そこにせまい国家的エゴをはなれた大きな調和への努力がなければ、そこから人類の真の幸福は生まれてくる筈がない。ゲーテの文学は、この意味からも、現代に多くの示唆を与えている。

本書を書く機会をえたのは、畏友小牧治氏のおすすめによる。刊行にあたっては、清水書院編集部徳永隆氏のお世話になった。また、執筆中、清水幸雄氏からは幾たびか催促のお便りやお電話をいただいたが、それが、私の遅筆にあたたかい励ましとなった。ここに、お三方に、心からお礼を申しあげたい。

昭和五六年七月

著者

ゲーテ年譜

西暦	年齢	年譜	歴史的事件及び参考事項
一七四九		8・28、正午、フランクフルト・アム・マインに出生。	
五〇	1	1・7、妹コルネーリア生まれる（他の弟二人、妹二人は、いずれも夭折）。	バッハ没。
五一	2		フランス人の百科事典の刊行が始まる。
五二	3	秋から幼稚園に入る。五五年夏まで通う。	フランクリン、避雷針発明。
五三	4	クリスマスに祖母から人形芝居を贈られる。	
五四	5	2・26、祖母コルネーリア死去。	
五五	6	4月、家の改造が始まる（～五六年1月まで）。改造中、公立学校に通う。	リスボン大地震
五六	7	11月、ラテン語・ギリシア語の学習を始める。	七年戦争、勃発。
五七	8	12月末、母方の祖父母に捧げる新年の詩をつくる（現存する最初の詩）。	杉田玄白、西洋外科術を学ぶ。
五八	9	天然痘にかかる。老齢にいたるまで、痕跡残る。	良寛生まれる。

一七五九	10	仏軍、フランクフルトを奇襲占領。仏総督トラン伯、ゲーテ家に宿泊（1月から、六一年5月末まで）。 仏軍の占領中、ゲーテはしばしばフランス芝居を見に行く。	シラー生まれる。
六〇	11	イタリア語の勉強を始める。	
六二	13	英語・ヘブライ語を学びはじめる。	
六三	14	2月末、仏軍、引きあげる。 グレートヒェンとの初恋。	宣長、はじめて真淵に会う。
六五	16	10・19、ライプツィヒ大学に入学（法律学）。	ワット、蒸気機関の改良。
六六	17	アンナ＝カタリーナ（愛称ケートヒェン）を恋する。	レッシング『ラオコーン』。
六八	19	7月下旬、喀血。9・1、帰省。 フォン＝クレッテンベルク嬢より精神的影響をうける。 12・7、疝痛のため重態に陥る。	6・8、ヴィンケルマン暗殺。 クック、第一回世界周航（～七一）に出発。 ブリタニカ初版。
六九	20	10月末、マンハイムで古代彫刻展を見る。	ナポレオン生まれる。
七〇	21	4月、シュトラースブルク大学に入る。法律、医学の講義をきく。 10月初旬、フリーデリーケ＝ブリオンを知る。 ヘルダーを知り、しばしば往来する。	ベートーヴェン生まれる。
七一	22	5月、フリーデリーケとの恋愛頂点に達し、ドイツ抒情詩史上、画期的な詩が生まれる。	ロシア軍、クリミアを占領。 前野良沢ら千住小塚原で刑死

		8・14、帰郷、月末に弁護士として開業。妹の熱心なすすめにより、11月から12月にかけて『ゲッツ』の初稿成る。	者の解剖。
一七七二	23	1・14、スザンナ＝マルガレーテ＝ブラント、嬰児殺しの罪で処刑される。『ファウスト』のグレートヒェンの原像。5・25、ヴェツラールの最高裁判所の研修生となる。6月、シャルロッテ＝ブッフ（『ヴェルター』のロッテ）を知り、熱愛する。煩悶の末、9・11、ヴェツラールを去る。9・14、帰郷、弁護士となる。	ポーランド、第一次分割。クック、第二次探険（～七五）に出航。この間に太平洋の群島を発見。
七三	24	11・1、妹、結婚。	
七四	25	『若きヴェルターの悩み』（9月刊）。世界的な反響をよぶ。12・11、ヴァイマル公子カール＝アウグストに紹介される。	ルイ一六世即位。杉田玄白『解体新書』。
七五	26	復活祭のミサ（4・20頃）にリリー＝シェーネマンと婚約。6月、スイス旅行。9月中旬、リリーとの婚約解消。11・7、アウグスト公の招きをうけ、ヴァイマルに着く。その後、ヴァイマルに永住。	アメリカ独立戦争（～八三）おこる。
七六	27	1・7、フォン＝シュタイン夫人への最初の手紙。6・11、ヴァイマルの国政に参画、閣議に列する。	7・4、アメリカ独立宣言。スミス『国富論』、ギボン『ローマ衰亡史』。

一七七七	28	6・8、妹シュロッサー夫人コルネーリア死去。 11・29～12・19、単騎ハルツ旅行。	クック、第三次探険。帰路、七九年ハワイ島で殺される。 アメリカ独立軍、大勝。国名をアメリカ合衆国とする。
七九	30	10～12月初、スイス旅行。	
八〇	31	1・7、ヴァイマルの新築劇場、仮装舞踏会でこけらおとし。 7・16、アウグスト公とゴータ公子の前で自作の『ファウスト』を朗読。	マリア＝テレージア死去。
八一	32	10・26、フランクフルト裁判所、ゲーテの母を陪審員に任命。	2・15、レッシング没。 カント『純粋理性批判』。
八二		5・7、父死去。 6・1、市内のフラウエンプラーンの家に移る。 6・3、ドイツ皇帝より貴族に列せられ、7日、内閣首席に。	アイルランド国会、独立。 歌麿、浮世絵で名をなす。
八四	35	3月、顎間骨を発見。	
八六	37	9・3、イタリア旅行に出発。9・18～10・14、ヴェネチア滞在。10・29、ローマ着。	フリードリッヒ大王没。
八七	38	イタリア国内を旅行(2月下旬出発、6・8ローマに帰る)。	アメリカ、憲法成る。
八八	39	6・18、ヴァイマル帰着。フォン＝シュタイン夫人との仲、冷却。 7・12、クリスティアーネ＝ヴルピウスとの内縁関係始まる。	カント『実践理性批判』。

一七八九	40	9・6、シラーと初対面。 12・25、長子ユーリウス＝アウグスト＝ヴァルター生まれる（五人の子供のうち、ただ一人の生存児）。	7・14、フランス革命おこる。
九〇	41	3～5月、第二次イタリア旅行。第一次旅行とは反対に幻滅を感じて帰る。	フランス、貴族制廃止。 カント『判断力批判』。
九一	42	10・31、シラーをはじめて訪ねる。 著作集第七巻『ファウスト断片』。 宮廷劇場の監督となる（～一八一七）。	モーツァルト没。
九二	43	フランスに出征（8～12月）。出征中、色彩論研究。 著作集第一巻。	9・21、フランス、王政廃止、共和政を宣言。
九三	44	マインツ攻囲に従軍（5～8月）。 著作集第二巻。	ルイ一六世とマリー＝アントワネット処刑。
九四	45	1月、ゲーテの監督のもとにイェーナに国立植物園できる。 この年、シラーとの友情深まり、二人の間の往復書簡始まる。 この年よりしばしば、時には数か月にわたってイェーナに滞在するようになる。	ロベスピエール処刑。フランス、恐怖政治終わる。 オランダ使節、江戸に来る。 写楽の役者絵、流行。
九五	46	たびたび、イェーナに赴き、日毎シラーと往来。 5・1、ゲーテの母、故郷の家を売却、簡素な家に移る。 7月、はじめてカールスバートへ。 著作集第三～五巻。	第三次ポーランド分割。 イギリス、喜望峰植民地を獲得。

一七九六	47	『ヴィルヘルム・マイスターの修業時代』、著作集第六巻として完結。	ナポレオン、イタリア遠征。ドイツ・ロマン派、台頭。
九七	48	11月、『ヘルマンとドロテア』を執筆。8月、妻子をつれて故郷に滞在。母と最後の面会。シラーのすすめにより『ファウスト』の完成を決意。	2月、ナポレオン、法王領に侵入。
九八	49	3月、オーバーロスラに別荘を入手、夏、家族とともに滞在。『ファウスト』の稿すすむ。10月、シラーの『ヴァレンシュタイン』の上演に熱を入れる。劇場改築される。	ナポレオン、エジプト遠征（～九九）。近藤重蔵、エトロフ島に大日本恵土呂府の標柱たてる。
九九	50	12・3、シラー、ヴァイマルに引っ越して来る。	ナポレオン、統領政治を布告。ワシントン没。
一八〇〇	51	シラーとともに劇場運営に尽力。	
〇一	52	1月、顔面丹毒を患い、一時重態となる。3～4月、オーバーロスラに滞在。6月、療養のため、息子とともにピルモント温泉に滞在。『ファウスト』すすむ。	イギリス、アイルランド議会を併合。本居宣長没。
〇二	53	5・15、『イフィゲーニエ』、ヴァイマルにて初演。	十返舎一九『東海道中膝栗毛』
〇三	54	4月、イェーナの書肆フロムマン家と親交を結ぶ。後にゲーテの愛したミンナは同家の養女である。4・2、自作の『庶出の娘』初演。	3月、イギリス、フランスに宣戦。ヘルダー没。

一八〇四	55	7月、オーバーロスラの荘園を売却。 スタール夫人、たびたび来訪。 3・17、『ヴィルヘルム・テル』初演。 9・13、枢密院顧問官となり、閣下とよばれる。 9・22、『ゲッツ』を改作して上演。	ナポレオン、帝位につく。 2・17、カント没。 シラー『ヴィルヘルム・テル』
〇五	56	1～2月、大患（腎石痛）。 1月末、シラーも病む。 5・1、シラーと最後の面会。5・9、シラー死去。ゲーテ大きな衝撃をうける。5月末、ようやく回復。 8・10、ラオホシュテット温泉でシラーの追悼会をひらく。 この年より『色彩論』の発表を始める（～一〇）。	トラファルガルの海戦。ネルソン、フランス・スペイン艦隊を破り、戦死。 12月、アウステルリッツの戦い。
〇六	57	2～3月、病気がち。 3・21、リーマーとともに『ファウスト』を校閲。4・13、『ファウスト』一部完了。 夏、カールスバートにすごす。 10・14、イェーナ・アウエルシュテットの戦い。仏軍ヴァイマルに侵入、掠奪。妻の勇気により危害をまぬがれる。15日、ナポレオン入城。ランヌ元帥、ゲーテ家に宿泊。 10・19、クリスティアーネと正式に結婚。	7月、ライン同盟成立。 8・6、神聖ローマ帝国滅亡。 11月、ナポレオン、大陸封鎖令を布告。 伊能忠敬、本州の測量終わる。
〇七	58	2・16、『タッソー』初演。	フィヒテの講演『ドイツ国民

		5・17、『ヴィルヘルム・マイスターの遍歴時代』の第一章を口述(二九年に完結)。夏、カールスバートへ。9・11、ヴァイマル帰還。11〜12月、イェーナに滞在。ミンナ＝ヘルツリープを愛する。『ソネット』できる。	に告ぐ』(〜〇八)。フルトン、汽船を試運転。間宮林蔵、単身カラフトに航し、のち満州に入る。
一八〇八	59	3月、クライストの『破れ甕』上演、失敗に終わる。ゲーテとクライストの不和つのる。4月、息子アウグスト、ハイデルベルクに遊学。5月中旬〜9月中旬、カールスバート。9・13、母、フランクフルトで死去。10・2、エルフルトでナポレオンと最初の会見。6日ナポレオン、ヴァイマルへ。宮中舞踏会でゲーテと語る。10日、ゲーテ、三たびナポレオンと会見。この年、『ファウスト』一部刊行。	ナポレオン、スペイン・ポルトガルに出兵。
〇九	60	4・29〜6・13、イェーナ滞在。『色彩論』の刊行と『親和力』の制作。7・23〜10・7、再びイェーナに。『親和力』刊行	ナポレオン、法王領を併合。ヴィーン和約。ハイドン没。
一〇	61	5月中旬より夏期をカールスバート、テプリッツに滞在。諸所を旅して、10・2、ヴァイマルに帰る。11・3、『ファウスト』上演の考えがはじめてうかぶ。	ナポレオン、全盛時代(〜一三)。南米のスペイン領、独立運動始まる。

一八一一	62	4・12、『エグモント序曲』の告知とともにベートーヴェンの手紙がその友人の手を経てゲーテに届く。 5・17〜6・28、カールスバート。 6・25、ベートーヴェンへ手紙を書く。 この年、『詩と真実』すすむ。	イギリス、ジャワを占領。 クライスト、自殺。
一二	63	1・23、2・20、ベートーヴェン作曲の『エグモント』上演。 5・3〜7・13、カールスバート。その後8・12までテプリッツ。9・12まで再びカールスバート。 7・19、ゲーテ、ベートーヴェンを訪問。7・20、二人でビリンへ。7・21と7・23、ベートーヴェン、ゲーテのためにピアノ演奏。 9・15、モスクワ火災。12・15、ナポレオン、退却の途次、夜半ヴァイマルを通過。ゲーテに挨拶を伝言。 『詩と真実』第二部。	ナポレオン、ロシア遠征。フランス軍、敗退。 グリム『童話集』
一三	64	4・26〜8・10、戦乱をさけてテプリッツへ。 9〜10月、ヴァイマルの戦雲あわただしく動く。10月、荷物をまとめて逃亡準備をする。 10・19、ライプツィヒ付近での民族戦争で連合軍勝利する。 10・26、メッテルニヒ来訪。	10・16〜18、ライプツィヒ会戦、フランス軍大敗。 ヴィーラント没。 キルケゴール生まれる。
一四	65	7・25〜10・27、第一次マイン・ライン旅行。一七年ぶりに	3・31、連合軍、パリ入城。

		故郷を見る。 9・15、ゲールバーミューレではじめてマリアンネに会う。 この年、『西東詩集』の詩、多くつくる。『詩と真実』第三部。	ナポレオン、退位、エルバ島に流される。 ヴィーン会議。 スティーヴンソン、蒸気機関車運転。
一八一五	66	5・24～10・11、第二次マイン・ライン旅行。9・23～26、ハイデルベルクでマリアンネと最後の解逅。 『西東詩集』の詩、多くつくる。 コッタ版新著作集（一八一五～一九）二〇巻中、第一、二巻上梓。	ナポレオン、エルバ島脱出。ワーテルローの戦い、パリ陥落。セントヘレナに流される。
一六	67	6・6、妻クリスティアーネ死去。 7・24～9・10、テンシュテット温泉。 12・16、『ファウスト』第二部、『詩と真実』口述。 『西東詩集』の詩。『イタリア旅行』第一部執筆。翌年完成。	アルゼンチン独立。 10月、イギリス船、琉球に来て貿易を求める。
一七	68	4・13、舞台監督辞任。 6・17、息子アウグスト、オッティリーと結婚。 11・6～16、11・21～翌年2・21、イェーナ滞在。	宗教改革三〇〇年祭、ヴァルトブルクで挙行。ドイツの学生団体、自由主義改革を叫ぶ。
一八	69	4・9、初孫ヴァルター誕生。4・21、孫のために子守唄をつくる。 7・26～9・13、カールスバート滞在。 12・29～30、コーランを読む。	チリ独立。 イギリス船、浦賀に来航し貿易を求める。

一八一九	70	1月、『西東詩集』に対する『ノートと研究』を書きあげる。詩集は、秋に刊行される。6・26〜7・24、イェーナ。8・26〜9・26、カールスバートに滞在。著作集は、第一九、二〇巻刊行され、完了。	イギリス、シンガポール占領。一茶『おらが春』。
二〇	71	4月下旬〜5月下旬、カールスバート。5・31〜10・4、10・19〜11・4、イェーナ滞在。『ヴィルヘルム・マイスターの遍歴時代』執筆。	ポルトガルの革命と内乱（〜三四）。
二一	72	1〜5月、『遍歴時代』執筆。一部5月末刊行。7・29〜8・25、マリエンバートへ。ウルリーケを知る。『フランス従軍記』を執筆。	ギリシア独立戦争（〜二九）。ペルー独立宣言。5・5、ナポレオン没。
二二	73	3月、眼を患う。5・21、ベートーヴェンより『海の静寂』『幸福な航行』の二つの詩についての曲を贈られる。6・19〜8・24、マリエンバート。ウルリーケを恋する。10月以来、毎週火曜日、自宅で「社交の夕べ」を催す。	ギリシア独立宣言。ブラジル、独立。最澄の一〇〇〇年忌。延暦寺で行われる。
二三	74	2・12〜3月初旬、心嚢炎を患う。一時重態となる。6・10、エッカーマンはじめて来訪。ゲーテのすすめでゲーテ家にとどまる。6・23、バイロンに詩を送る。7・24、バイロンより礼状。	アメリカ大統領モンロー、モンロー主義を宣言。シーボルト、長崎に来る。

		7・2～8・20、マリエンバート。ウルリーケへの恋愛絶頂に達して求婚したが、受けられず断念。9・17、ヴァイマルへ帰る。旅の車中で『悲歌』をつくる。	
一八二四	75	2・15以後のエッカーマンとの対話、後日出版の計画。バイロンの死（4・19）をきき、悲嘆する（5・3）。6・24、『修業時代』の抄訳をそえて、カーライルからはじめて来信。8・28、75歳の誕生日。来客の中に、後年シューベルトの作曲で知られる詩人ヴィルヘルム＝ミュラーがいる。9・19、アメリカの作家エマーソン、ボストンより来訪。10・30、カーライルにあてた最初の手紙。	フランス、シャルル一〇世即位、反動強化。メキシコ共和国誕生。南米におけるスペイン勢力全滅。頼山陽『日本外史』。
二五	76	2・24、『ファウスト』二部の仕事にとりかかる。6・16、シューベルト、ゲーテの詩三篇を作曲し送る。10・3、ヴァイマル大公夫妻金婚式。11・7、ゲーテのヴァイマル着任五〇年記念日。	ボリヴィア共和国誕生。アンデルセン『即興詩人』。
二六	77	1・30、世界文学の構想。2・11、日記に『ファウスト』に対してはじめて「主要な仕事」という言葉を用いる。断続しながら三一年まで続く。9・17、ダンネッカー作シラー胸像建つ。その台座の下にシラーの頭蓋骨が埋められる。	トルコ軍、ギリシア侵入、アテネ占領。ミュンヘン大学創立。日本、飢饉。甲斐・三河・盛岡などに百姓一揆。

		9・18、シラーの頭蓋骨をつくづくと眺め、24日自宅に持ち帰る。翌夜、『シラーの遺骨を眺めて』という詩篇をつくる。 9・29～10・3、グリルパルツェル来訪。 12・7、クードレーに、ゲーテ自身とシラーの遺骨を共同に葬る墓所の選定を依頼。	
一八二七	78	1・6、フォン＝シュタイン夫人没。 5・24、『遍歴時代』二部完結。 『ゲーテ全集』（コッタ版全四〇巻、三〇年完結）第一～一〇巻刊行。	7月、ロンドン会議。 ベートーヴェン没。 ペスタロッチ没。 一茶没。
二八	79	6・14、カール＝アウグスト大公死去。強い衝撃をうける。 『ゲーテ・シラー往復書簡』刊行。 『ゲーテ全集』第一一～二〇巻公刊。	ロシア・トルコ戦争（～二九）。 ウルグアイ、独立。 シューベルト没。
二九	80	1・19、『ファウスト』初公演（ブラウンシュヴァイク）。 8・29、ヴァイマル劇場で『ファウスト』初上演。 『ゲーテ全集』第二一～三〇巻刊行。	ヨーロッパでコレラ大流行。 イギリス、旧教自由法案通過。 シーボルト、帰国を命ぜらる。
三〇	81	10・20、イギリスの作家ウィリアム＝サッカレー来訪。 10・26夜、長男アウグスト、ローマで客死。11・10夜、その訃報をうける。 11・25、26、喀血。 『ゲーテ全集』第三一～四〇巻。	パリ、七月革命。 ベルギー、独立。 リヴァプール・マンチェスター間に鉄道開通。

一八三一	82	1・6、遺言状を書く。 7・22、『ファウスト』最後の清書。8月中旬、『ファウスト』第二部完結し、その原稿を封印する。 8・26、二人の孫を連れ、イルメナウに赴く。翌日鉱山監督官マールとギッケルハーンの山小屋に入り、五〇年前その板壁に印した自分の詩を発見し、感涙にむせぶ。	清、アヘン輸入禁止。 ベルギー王国成立。 良寛没。
三二		1・8、封印した『ファウスト』第二部の原稿をひらき、オッティリー（長男の妻）とともに読む（〜1・29）。 3・14、最後の散歩。 3・16、発病。3・17、親友ヴィルヘルム＝フォン＝フンボルトにあてて最後の手紙を書く。 3・22、午前11時半永眠。享年82歳7か月。 3・26、葬送の儀。午后5時、大公家の霊廟に葬られる。	

参考文献

ゲーテの参考文献は無数にあるが、専門的な論文や著作を省いて、ゲーテの全体像をとらえたもののうちから紹介しておく、なお、ゲーテの作品の翻訳は、各出版社の文庫本のなかにそれぞれ取り入れられているので、読者は容易に希望のものを読むことができよう。

『若きゲーテ研究』　木村謹治 ―― 伊藤書林　一九三四
『ゲョエテ研究』(決定版)　茅野蕭々 ―― 第一書房　一九三七
『ゲーテの文学』　木村謹治 ―― 志村書店　一九四八
『人生について――ゲーテの言葉』(教養文庫)　関泰祐訳編 ―― 社会思想社　一九六一
『ゲーテ』　P・ベールナー　桜井正寅訳 ―― 理想社　一九六七
『若き日のゲーテ』　関泰祐 ―― 社会思想社　一九六八
『ゲーテの生涯』　関泰祐 ―― 社会思想社　一九七〇
『ゲーテ対話録』(五巻)　大野・菊池・国松・高橋訳編 ―― 白水社　一九七〇
『人間ゲーテ』(岩波新書)　小栗浩 ―― 岩波書店　一九七八
『ゲーテ――その生涯と時代』(上・下)　R・フリーデンタール　平野雅史他訳 ―― 講談社　一九七九
『ゲーテ』(上)　E・シュタイガー　三木正之他訳 ―― 人文書院　一九八一
『ゲーテ全集』(一六巻) ―― 潮出版社　一九七九〜八二

さくいん

【人 名】

アウグスト……一二五・一五〇
アウグスト公、カール……
八八・九〇〜九三・九六・九七・一三四・
一三六・一三九・一四九・一五四
芥川龍之介……一三〜一四・一四九・
一七六・一八七〜一八九・一九一・一九二
安倍能成……一九五
アマーリア太后、アンナ
……九〇・九六・九七・一三九
イエルーザレム
……七四・七六・七八〜八〇
ヴィーラント……
四・六五・八二・九二・九三・九五
ヴィンケルマン……四・六五
ヴォルテール……八二
ウルリーケ……一五一〜一五五
エッカーマン……三四・
一三〇・一五六〜一五九・一七三・二〇九
尾崎紅葉……一七九・一八四
オッティリー……一五〇
柏原兵三……一九三
片山 哲……一九五
亀井勝一郎……一九二
カロッサ、ハンス……三六〜三八
カント……四・二六・四七・一九五
蒲原有明……一九
北原白秋……一九・一八六・一八七
北村透谷……一八四・一九三
木下杢太郎……一三・一八六・一八七
木村謹治……二〇八・二〇九
囯木田独歩……一八四
倉田百三……一八五・一九三
クリスティアーネ……
一一三〜一一六・一二五〜一二七・一四九
クレッテンベルク嬢……六二
グレートヒェン……五三・五四・六七・
一六七〜一六九・一七一・一八五・一九〇
クロプシュトック……
四・六五・八二・九四・一一八
ケストナー……七四・七五
ゲッヒハウゼン嬢……九三
ゲーテ(父)、ヨーハン〃
カスパル……四〇〜四三・四九・
五二・五七・六一・七三・八三・八四・八九
ゲーテ(母)、エリザーベト
……四二・四三・四九・五二・六一・一一五・
一三三・一三九
ケートヒェン……六〇・六七
粉川 忠……一九九・二〇一・二〇三〜二一四
コルネーリア……四三・七三
ザイデル、フィリップ
……九七・一〇六
シェークスピア……六六・一六四
シェリング……二一
島崎藤村……一三・一九・六九・七一・
七七・一七九〜一八二・一八八・一九三
シュタイン夫人、フォン……
九九〜一〇三・一〇六・一〇八・一一三・一二五
シラー……一一八・一二三〜一二七・
一三〇・一三一・一三九・一七七
スピノーザ……三三・一〇三
高橋五郎……一八五
高山樗牛……一七八
武林無想庵……一八一
谷崎潤一郎……一九〇・一九一
ツェルター……一四三
デルフ嬢……八三・八四・八九
徳富蘆花……一八六
中井喜太郎(錦城)……一七八
長与善郎……一九一
夏目漱石……二一・一九三
ナポレオン……三三・四六・八〇・八三・
一二九・一三三・一三四・一三六〜一三九
西田幾多郎……二六
ニーチェ……二一
ニュートン……二〇
ハーフィズ……一四六・一四七
馬場孤蝶……一七八・一七九
ハーマン……四
ビスマルク……二八・三一・三三
日夏耿之介……一九・一八六
フィヒテ……二六
フリッチェ、フォン
……九四・九六・九七
フリーデリーケ……六四・六六〜六八

フリードリッヒ大王……五二・八二・九一・一三四
ブレンターノ(アルニム)、ベッティーナ＝フォン　一四一
ヘーゲル……二
ベートーヴェン……一三三・一四〇～一四五
ヘルダー……六四～六六・一二一・一二八
ヘルツリープ、ミンナ……一四〇
ベルトラーム、エルンスト……三六・三七
ポー……一二・一三
ボイトラー、エルンスト……五六・五七
ボードレール……二
ホメロス……六六・七三
堀　辰雄……一九三
マリー＝アントワネット……六四
マリアンネ……一四七・一四八・一七三
マン、トーマス……一二七～一二九・一三一・一三三・一三五・一四八
ミニヨン……一〇六・一〇七・一二九
武者小路実篤……一八六
メルク……七〇・七七・八九・九九・一二八
メンデル……二〇
森　鷗外……一一三・一二一・一五四・一七七・一八三～一八五・一九二・一九三・二〇四・二二三
山本有三……一九二
ラ＝ロッシュ、フォン……一七五
良　寛……一二四
リリー……八三～八七・八九
ルソー……一三・九二
ルター……二六～三一・七二・一六四
レッシング……四一・六五・八〇・八二・一七
レーニン……一六～一八
ロッテ(シャルロッテ＝ブッフ)……七四～七六・七九・八〇

【事項・地名】

アナクレオン派……六六・六八
アメリカ……四七・一六一・一六二・二〇〇
イェーナ……一二六・一三一・一五六
イギリス……三一・三四・四七・五二・七九・八〇・八七・九〇・一三七・一四六・一六〇・一六六
イタリア旅行……四九・八九・九九・一〇二・一〇六・一〇八～一一〇・一一三・一二八
イルメナウ……五
ヴァイマル……四一・三四・四七・八六～九〇・九三～九七・九九・一〇八・一二一・一二五・一二九・一三一・一三四・一三四～一三六・一三八・一四〇・一四七・一四九～一五一・一五四・一五九
ヴァイマル公国……三一・九〇・九一・一一三・一二四・一三七・一四九
ヴェッツラール……七二～七六・七八
オーストリア……五二・一二一・一四六
カールスバート……一〇六・一三九～一四二・一五一
ギッケルハーン……五一・一七三
ギリシア……八〇・一六五・一七〇・一七一
グレートヒェン悲劇……一六七
ゲーテ型のドイツ……三三
ゲーテ＝ハウス……四四・五五・五七
古典主義……一〇四
三〇年戦争……一三
シシリー島……一〇八
七年戦争……五一・五三
シュトラースブルク……六一・六三・六四・六六
シュトラースブルク大学……六三
シュトルム＝ウント＝ドゥ
ラング……六五・七二・一〇三・一三三
神聖ローマ帝国……四五・四六・八七・一三四
スカンジナヴィア……八〇
スペイン……三一・一六〇
ゼーゼンハイム……六六・六九
中　国……八〇・一六〇
チューリッヒ……八六
テクストル家……四二・四三
テプリッツ……一四〇～一四二
デモクラシー……二九・三一
ドイツ……三一・四一・六一・三三～三五・五二・七三・八七・八九・一二八・一三一・一三〇・一三三～一三四・一四六・一六六・一七一・一七六
ドイツ文学……一三・六三・六五・八二・九二・一五九・一七三・一七六
東京ゲーテ記念館……六・一九五～一九七・一九九・二〇九
ハイデルベルク……八九
ビスマルク型のドイツ……三一
ヒトラー帝国……三一
富士山……三六・三七
ブラウンシュヴァイク公国……九一・一三六

フランクフルト…… 四〇〜四二・四四・四五・五七・七七・八三・九三
フランス…… 三・三四・四七・四八・五三・七九・八〇・八七・九〇・九二・一一九・一二一・一六〇
フランス革命……一〇六・一一八・一二〇・一二一・一二四・一二五・一三一・一三三
プロイセン……五三・八二・八八・九一・一二一・一二四・一四六
マイン河……四四
マリエンバート……一五一・一五三・一五四
ライプツィヒ……五五・五七・五八・六〇・六一
ライプツィヒ大学……五四・五七・五九
ライン・マイン旅行…… 一四七
リスボン大地震…… 五一・五三
ルター型のドイツ……二八
ロシア……三四・四七・五三・一二八・一四六
ローマ…… 四九・八〇・一〇八・一〇九・一四七

【書　名】

『イタリア紀行』…… 一〇九・一八六
『イフィゲーニエ』… 一二一・一二七
『ヴィルヘルム・マイスターの修業時代』……六二・一〇六・一二六〜一三一・一六〇・一六一・一八一・一八六・一九三
『ヴィルヘルム・マイスターの遍歴時代』……一四〇・一五九〜一六一
『エグモント』……一二一・一二七・一四一・一八七
『エッカーマン対話録』(『ゲーテとの対話』)…… 一三〇・一四八・一五六・一五九・二〇九
『エピグラメ』……八〇
『神と世界』…… 二三・二七
『狐の裁判』…… 一七六
『群　盗』…… 一二三
『ゲッツ』……七二・七七・七八・八三・九二・一一七・一二三
『三〇年戦争史』…… 一二六
『色彩論』……二一〇
『詩と真実』…… 一四〇
『植物変態論』……二一〇
『親和力』…… 一四〇
『西東詩集』……一四一・一四六〜一四九・二〇一
『ソネット』…… 一四〇
『タッソー』…… 一二一・一二七・一八七
『ディーヴァン』……一四
『動物変態論』……二一〇
『ファウスト』 ……一六〜一九・四八・五四・九九・一二一・一二六・一四〇・一六三・一六四・一六七・一七一〜一七三・一八〇〜一八四・一八七・一九三・一九八・二〇三・二〇四
『ファウスト断片』… 一一七・一六三
『フランス従軍記』…… 一二三
『ヘルマンとドロテア』……一二六・一二七・一三一・一八六・一九五
『マインツ攻囲』…… 一二三
『マリエンバート悲歌』… 一五四
『万葉集』……一五
『ローマ哀歌』……一二三・一二四・一二五・一二七・一三〇
『若いヴェルターの悩み』… 七六・七八〜八三・九二・一〇三・一一七・一二三・一三二・一三三・一三七・一七八・一八〇・一八四・一九八・一九九
『若菜集』……六九・一五五・一八〇

ゲーテ■人と思想67　　定価はカバーに表示

1981年10月15日　第1刷発行©
2014年9月10日　新装版第1刷発行©
2018年2月15日　新装版第2刷発行

・著　者 ……………………………… 星野《ほしの》　慎一《しんいち》
・発行者 ……………………………… 野村久一郎
・印刷所 ……………………………… 図書印刷株式会社
・発行所 ……………………………… 株式会社　清水書院

〒102-0072　東京都千代田区飯田橋3-11-6
Tel・03(5213)7151～7
振替口座・00130-3-5283
http://www.shimizushoin.co.jp

検印省略
落丁本・乱丁本は
おとりかえします。

CenturyBooks

Printed in Japan
ISBN978-4-389-42067-3

Century Books

清水書院の〝センチュリーブックス〟発刊のことば

近年の科学技術の発達は、まことに目覚ましいものがあります。月世界への旅行も、近い将来のこととして、夢ではなくなりました。しかし、一方、人間性は疎外され、文化も、商品化されようとしていることも、否定できません。

いま、人間性の回復をはかり、先人の遺した偉大な文化を継承して、高貴な精神の城を守り、明日への創造に資することは、今世紀に生きる私たちの、重大な責務であると信じます。

私たちがここに、「センチュリーブックス」を刊行いたしますのは、人間形成期にある学生・生徒の諸君、職場にある若い世代に精神の糧を提供し、この責任の一端を果たしたいためであります。

ここに読者諸氏の豊かな人間性を讃えつつご愛読を願います。

一九六六年

SHIMIZU SHOIN

【人と思想】 既刊本

老子　高橋　進
孔子　内野熊一郎他
ソクラテス　中野　幸次
釈迦　副島　正光
プラトン　中野　幸次
アリストテレス　堀田　彰
イエス　八木　誠一
親鸞　古田　武彦
ルター　小牧　治・泉谷周三郎
カルヴァン　渡辺　信夫
デカルト　伊藤　勝彦
パスカル　小松　摂郎
ロック　浜林正夫他
ルソー　中里　良二
カント　小牧　治
ベンサム　山田　英世
ヘーゲル　澤田　章
J・S・ミル　菊川　忠夫
キルケゴール　工藤　綏夫
マルクス　小牧　治
福沢諭吉　鹿野　政直
ニーチェ　工藤　綏夫

J・デューイ　山田　英世
フロイト　鈴村　金彌
内村鑑三　関根　正雄
ロマン＝ロラン　村上　嘉隆・村上　益子
孫文　横山　英・中山　義弘
ガンジー　坂本　徳松
レーニン（品切）　中野　徹三・高岡健次郎
ラッセル　金子　光男
シュバイツァー　泉谷周三郎
ネルー　中村　平治
毛沢東　宇野　重昭
サルトル　村上　嘉隆
ハイデッガー　新井　恵雄
ヤスパース　宇都宮芳明
孟子　加賀　栄治
荘子　鈴木　修次
アウグスティヌス　宮谷　宣史
トーマス・マン　村田　經和
シラー　内藤　克彦
道元　山折　哲雄
ベーコン　石井　栄一
マザーテレサ　和田　町子
中江藤樹　渡部　武
ブルトマン　笠井　恵二

本居宣長　本山　幸彦
佐久間象山　奈良本辰也・左方　郁子
ホッブズ　田中　浩
田中正造　布川　清司
幸徳秋水　絲屋　寿雄
スタンダール　鈴木昭一郎
和辻哲郎　小牧　治
マキアヴェリ　西村　貞二
河上肇　山田　洸
アルチュセール　今村　仁司
杜甫　鈴木　修次
スピノザ　工藤　喜作
ユング　林　道義
フロム　安田　一郎
マイネッケ　西村　貞二
エラスムス　斎藤　美洲
パウロ　八木　誠一
ブレヒト　岩淵　達治
ダンテ　野上　素一
ダーウィン　江上　生子
ゲーテ　星野　慎一
ヴィクトル＝ユゴー　辻　昶・丸岡　高弘
トインビー　吉沢　五郎
フォイエルバッハ　宇都宮芳明